# देहली की आख़िरी शमअ



मिर्ज़ा फ़रहतुल्लाह बेग देहलवी

लिप्यंतरण : अजय नेगी

MANJUL

मंजुल पब्लिशिंग हाउस

MANJUL

**मंजुल पब्लिशिंग हाउस**

*कॉरपोरेट एवं संपादकीय कार्यालय*

• द्वितीय तल, उषा प्रीत कॉम्प्लेक्स, 42 मालवीय नगर, भोपाल-462 003

*विक्रय एवं विपणन कार्यालय*

• सी–16, सेक्टर 3, नोएडा, उत्तर प्रदेश, 201301

वेबसाइट : www.manjulindia.com

*वितरण केन्द्र*

अहमदाबाद, बेंगलुरू, कोच्चि, कोलकाता, चेन्नई,
हैदराबाद, मुम्बई, नई दिल्ली, पुणे

*देहली की आख़िरी शम्अ*

मंजुल पब्लिशिंग हाउस द्वारा 2025 में प्रकाशित

इसे हज़रत ख़्वाजा हसन निज़ामी देहलवी ने मुसन्निफ़ की इजाज़त से शाया किया और इब्न-ए-अरबी कारकुन-ए-हल्क़ा-ए-मशाइख़ देहली ने बमाह मई 1928 में पहली बार रियासत बर्क़ी प्रेस देहली में छपवाया। ख़्वाजा हसन निज़ामी द्वारा संकलित-संपादित संस्करण का हिंदी लिप्यंतरण।


यह हिन्दी संस्करण 2025 में पहली बार प्रकाशित

**ISBN 978-93-5543-870-6**

Cover Illustration and Design: Trinankur Banerjee

लिप्यंतरण : अजय नेगी

टाइपसेटिंग : डीजीअल्ट्राबुक्स प्रा. लि., नई दिल्ली

मुद्रण व जिल्दसाज़ी : रेप्रो इंडिया लिमिटेड

# देहली की आख़िरी शम्अ

मिर्ज़ा फ़रहतुल्लाह बेग की पैदाइश 3 अगस्त 1883 को देहली के मुहल्ला चूड़ीवालाँ में हुई। उनके वालिद का नाम हश्मतुल्लाह बेग था। उनकी वालिदा मुशर्रफ़ जहाँ बेगम मिर्ज़ा फ़रहतुल्लाह बेग की पैदाइश के कुछ वक़्त बाद ही दुनिया-ए-फ़ानी से कूच कर गईं। ऐसे नाज़ुक वक़्त पर उनकी फूफो हुस्न जहाँ ने मिर्ज़ा साहब की परवरिश की तमाम ज़िम्मेदारियाँ सँभालीं। चूँकि उनकी फूफो हुस्न जहाँ की कोई औलाद न थी इसलिए उन्होंने मिर्ज़ा फ़रहतुल्लाह बेग को अपना बेटा माना और उन्हें मोहब्बतों से पाल-पोसकर बड़ा किया। मिर्ज़ा साहब की फूफो ने कभी भी उनको माँ की कमी महसूस न होने दी।

मिर्ज़ा फ़रतुल्लाह बेग ने अपनी इब्तिदाई तालीम देहली के एक मदरसे से हासिल की जहाँ सय्यद वलीउल्लाह उनके उस्ताद हुए। कलाम-ए-पाक की तालीम उन्होंने मिर्ज़ा क़ासिम बेग साहब से पाई। मिर्ज़ा साहब शुरू से ही पढ़ने-लिखने में होनहार थे जिसके नतीजा में उन्होंने सरकार से वज़ीफ़ा भी हासिल किया। आगे चलकर मिर्ज़ा साहब ने कश्मीरी दरवाज़े के क़रीब एक स्कूल में दाख़िला लिया जहाँ एंट्रेंस टेस्ट में वो अव्वल आए। ये सिलासिला इसी तरह चलता रहा और 1903 में उन्होंने हिंदू कॉलेज से इंटर मीडिएट का इम्तिहान पास किया। आगे की पढ़ाई के लिए उन्होंने देहली के सेंट स्टीफ़न कॉलेज में दाख़िला लिया जहाँ से 1905 में वो ग्रेजुएट हुए।

1906 से मुलाज़मत की ग़रज़ से उन्होंने कई शहरों की ख़ाक छानी। कभी रामपुर गए तो कभी नैनीताल तो कभी इलाहाबाद; मगर आख़िरकार किसी तरह हैदराबाद के ऐसे हुए कि अपने आख़िरी वक़्त तक यहीं रहे। 23 अगस्त 1908 को मिर्ज़ा फ़रहतुल्लाह बेग की शादी उनके चचा साजिद बेग, जो कि हैदराबाद में डिस्ट्रिक्ट जज थे, की बेटी नसीमा

सुल्ताना से गुलबर्गा में हुई। ये रिश्ता चार साल के छोटे से अर्से में ही टूट गया। बेगम नसीमा सुल्ताना से उन्हें एक बेटा हुआ। मिर्ज़ा साहब ने अपनी दूसरी शादी नसीमा सुल्ताना की छोटी बहन हमीदा सुल्ताना से की जिनसे उन्हें एक लड़का और पाँच लड़कियाँ हुईं।

मिर्ज़ा फ़रहतुल्लाह बेग की मुलाज़मत के मुख़्तलिफ़ पड़ाव रहे। 1908 में मुतर्जिम [अनुवादक] की हैसियत से कोर्ट में नौकरी पाई। फिर 1910 में ज्युडिशल का इम्तिहान पास किया। 1912 में हेड क्लर्क के ओहदे पर पहुँचे। इसी तरह आगे बढ़ते-बढ़ते वो 18 मई 1943 को इंस्पेक्टिंग अफ़्सर के ओहदे से सुबुकदोश हुए।

मिर्ज़ा साहब लंबे वक़्त से पान, तंबाकू और सिगरेट का इस्तेमाल कर रहे थे जिस वजह से उन्हें दिल के मरज़ ने आ घेरा। उन्हें दौरे भी पड़ने लगे थे। अपनी बीमारी के इलाज के लिए वो कई-कई मीलों का सफ़र किया करते। डॉक्टरों के मशवरों के बाद भी परहेज़ करने पर वो क़ाबू पाने में ना-कामयाब होते रहे; लिहाज़ा इसका अंजाम ये हुआ कि बीमारी के ठीक होने में किसी क़िस्म की कोई तब्दीली न आई और 27 अप्रैल 1947 को उन्होंने इस दुनिया को ख़ैरबाद कहा।

# फ़ेहरिस्त

# दीबाचा

सदा रहे नाम अल्लाह का। दुनिया के तिलिस्म-ख़ाने में कौन रहा है जो दिल्ली की शान रह जाती। और कौन जानता है कि दिल्ली उजड़ने के बाद लंदन की आबादी नुमूदार हुई तो ये आबादी कब तक क़ायम रहेगी। और कौन-सा अँग्रेज़ हसन निज़ामी की तरह टेम्स दरिया के किनारे बैठकर लंदन की ख़त्म-शुदा शान के अफ़्साने लिखेगा।

मैंने देहली की बर्बादियाँ देखीं। आबादियाँ देखने का वक़्त न मिला कि मेरी पैदाइश से बरसों पहले इनका ख़ात्मा हो चुका था। मेरे माँ-बाप और नाना-नानी ने बादशाह और उनके ख़ानदान को अपने घर में आते-जाते देखा और क़िले में मेहमान बनकर मुग़लों की आख़िरी बहार की सैर की थी। और फिर उन्होंने उन सबका बिगड़ना और बिखरना दर-बदर ख़ाक बसर होना भी देखा था। मैंने होश सँभाला तो रात-दिन यही ग़मगीन करने वाली कहानियाँ सुनीं। और दिल पर इन कहानियों ने ऐसे नक़्श किए कि आज इक्यावन साल की उम्र में भी वो बातें कानों में गूँजा करती हैं।

लिखने का ज़माना आया तो दिल के अस्रात ने सबसे ज़्यादा देहली और ग़दर 1857 के हालात पर मुतवज्जा [ध्यान देनेवाला/केंद्रित] रखा। पहला मज़मून बहादुर शाह के ख़ानदान की निस्बत छपा तो मुल्क में धूम मच गई। मैं समझा ये मैदान लिखने के लिए ऐसा ही उम्दा है जैसा शायरी के लिए तसव्वुफ़ सबसे अच्छा मैदान है।

फिर तो एक किताब शाया हो गई। और लोगों ने अँग्रेज़ी सरकार को इसके ख़िलाफ़ बदगुमान भी करना चाहा मगर सरकार नीयत को देखती थी कि मैं इबरत [वह मानसिक खेद जो किसी को बुरी हालत में देखकर होता है।] की तारीख़ लिखता हूँ। इंक़लाब के मक़्सद से मेरा कुछ भी ताल्लुक़ नहीं है।

फिर इस सिलसिले का दूसरा-तीसरा यहाँ तक कि दसवाँ हिस्सा भी शाया हो गया। अब मैंने ख़याल किया तिलक अशरत कामिलतू। इसके बाद कुछ बाक़ी नहीं है जिसको लिखूँ। हाँ, शाही ख़ानदान के किसी फ़र्द का कोई क़िस्सा मिल जाता तो इसको नमक-मिर्च लगाकर किसी रिसाले में छपवा देता था।

यकायक जनाब मिर्ज़ा फ़रहतुल्लाह बेग साहब देहलवी रजिस्ट्रार हाईकोर्ट हैदराबाद का एक मज़मून देहली के एक मुशायरा की निस्बत नज़र आया जो रिसाला उर्दू और रिसाला *अल-नाज़िर* और किताब *मज़ामीन-ए-फ़रहत* में शाया हुआ था।

वो मज़मून मेरे दोस्त मुल्ला वाहिदी साहब एडिटर रिसाला निज़ामुल-मशाइख़ देहली ने सबसे पहले देखा और चूँकि उनका ख़ानदान शाहजहाँ बादशाह के ज़माना से देहली में है और इसके ताल्लुक़ात क़िले से हमेशा रहे थे इसलिए उनपर देहली के उस मुशायरे ने बड़ा अस्र किया। और मैंने उनके कहने से तमाम-ओ-कमाल मज़मून पढ़ा। हालाँकि मैं आजकल काम की कस्रत के सबब अक्सर मज़ामीन के मुताले [अध्ययन] से महरूम रहता हूँ।

जब मैंने इसको पढ़ा तो फ़ौरन अँग्रेज़ी अख़बार *यंग मुस्लिम*, देहली के एडिटर साहब से कहा कि इस मज़मून का तर्जुमा कीजिए ताकि यूरोप-ओ-अमेरिका को भी देहली की आख़िरी शम्अ की रौशनी नज़र आ सके।

इसके बाद मैंने मिर्ज़ा फ़रहत साहब को अपने अज़ीज़ दोस्त मौलवी मज़हरुल्लाह निज़ामी के ज़रिए ख़त लिखा कि वो मुझको ये मज़मून

ब-सूरते-किताब शाया करने की इजाज़त दें। मिर्ज़ा साहब ने जवाब दिया और ऐसा जवाब जिससे मुझे बहुत ख़ुशी हुई कि वो मेरी ख़्वाहिश के क़दरदान हैं। उनकी इजाज़त हासिल होते ही मैंने इस मज़मून का नाम *देहली की आख़िरी शम्अ* मुशायरे की रिआयत [ख़याल] से रख दिया और छपवाने की तैयारी होने लगी।

देहली के मुसव्विरों को तलाश किया कि इनमें कोई ऐसा निकले जो मिर्ज़ा फ़रहत के लफ़्ज़ी मुरक़्क़ों से तस्वीरें बना दे और मैं इनको किताब में दर्ज कर दूँ। मगर अब तक मुझे इसमें कामयाबी नहीं हुई।

ख़ुदा का नाम लेकर किताब कातिब [लिखनेवाला/लिपिक] को देता हूँ। तस्वीरें मिल जाएँगी या बन जाएँगी तो इनको भी शरीक कर दूँगा वर्ना मिर्ज़ा साहब ने मुसव्विरी में कोई कसर बाक़ी नहीं छोड़ी है। सूरतें दिखाने, लिबास बताने और बोलचाल, रंग-ढंग की नक़्ल उतारने में कमाल कर दिया है। मुसव्विर से ये बात न हो सकती जो अल्फ़ाज़ की तस्वीरों ने इस मज़मून में पैदा कर दी है।

मैं चाहता था कि इस मज़मून पर एक ऐसा दीबाचा लिखूँ कि इसकी हर ख़ूबी पढ़ने वाले के ज़ेहन में आ जाए मगर एक महीने से ग़म-ओ-अलम के पहाड़ के नीचे दबा पड़ा हूँ। 30 जनवरी 1928 की शाम को मुझपर किसी ज़ालिम ने पिस्तौल चलाया और जी भरकर गोलियाँ मारीं। मेरा चेहरा और सीना उसके सामने था और वो निशाना बाँधकर फ़ायर कर रहा था मगर कमबख़्त गोलियाँ निशानेबाज़ी की हरीफ़ [प्रतिद्वंदी/शत्रु] थीं। एक गोली ने भी क़ातिल का साथ न दिया और कोई गोली मेरे न लगी। अलबत्ता मेरे बूढ़े ख़ुसुर [ससुर] पीरज़ादा सय्यद मुहम्मद सादिक़ का वक़्त पूरा हो चुका था। उनके गोली लगी और वो पौन घंटा ख़ाक-ओ-ख़ून में लोट-लोटकर ख़त्म हो गए।

आज फ़रवरी 1928 की 29 तारीख़ है। गोया पूरा एक महीना हो गया है। लेकिन ख़्वाजा बानो का ग़म पहली घड़ी की तरह ताज़ा है,

उनके तो वो बाप थे। और मेरे बच्चों के नाना थे। मगर मेरे घर का बयान है कि वो उसके भी बाप थे। और मेरा दिल कहता है कि वो मेरे मामूज़ाद भाई भी थे, और मेरे बचपन से आज तक सरपरस्त भी थे और अब बारह-तेरह साल से ख़ुस्र [ससुर] भी थे।

जंगल में अकेला घर, दुश्मनों की क़त्ल के बाद भी रात-दिन की धमकियाँ, पुलिस के अजीब-ओ-ग़रीब हालात, दिमाग़ क़ाबू में नहीं है और दिल तो शहीद के साथ ही दफ़्न हो गया था। ऐसी हालत में क्या दीबाचा लिखूँ और कहाँ से वो जज़्बा लाऊँ जो मिर्ज़ा फ़रहत के कमालात की तर्जुमानी कर सके।

आख़िरी बात ये है कि चोट खाया हुआ दिल ख़ुद ही समझ लेगा कि मिर्ज़ा फ़रहत ने देहली की उस शम्अ की ज़ियारत करा दी है जो मुसलमानों की गुज़िश्ता रात को महफ़िल की रौनक़ बढ़ा रही थी और मरने वाली क़ौम की मिटने वाली तहज़ीब को दिखा रही थी, और जिसने सुब्ह के क़रीब रोते-रोते हिचकियाँ लेते-लेते एक आह की थी और एक आह के साथ इसका शोला बुझकर और धुआँ बनकर उड़ गया था।

मैं देहली शहर के अंदर इस किताब को शाया कर रहा हूँ; वही देहली जिसके मुशायरे का इस किताब में बयान है। मगर नहीं ये तो ख़्वाब का बयान है, वो देहली अब कहाँ? जिसकी गर्दिश-ए-शम्अ का ये अफ़साना है। अब तो न कोई शम्अ बाक़ी है न कोई परवाना है।

—हसन निज़ामी
29 फ़रवरी 1928
देहली

# तमहीद

*नाम-ए-नेक-ए-रफ़्तगाँ ज़ाए मकुन*
*ता ब-मानद नाम-ए-नेकत बरक़रार*

बक़ौल-ए-ग़ालिब मरहूम, इंसान एक "महशर-ए-ख़याल" है। लेकिन ख़याल में हश्र बपा होने के लिए किसी बैरूनी तहरीक [बाहरी प्रेरणा] का होना लाज़िमी है। दिमाग़—ख़याल का गंजीना [निधि, कोष] है, लेकिन इस गंजीने के खुलने के वास्ते किसी ज़ाहिरी अस्बाब की कुंजी की ज़रूरत है। मुझे बचपन से शुअराए-उर्दू के हालात पढ़ने और सुनने का शौक़ रहा है मगर कभी ऐसी तहरीक नहीं हुई जो उनके हालात को एक जगह जमा करने का ख़याल पैदा करती, और ये ख़यालात अल्फ़ाज़ की शक्ल में ज़ाहिर होकर एक ख़ुशनुमा चलती-फिरती तस्वीर बन जाते।

जब कोई बात होने वाली होती है तो अस्बाब ख़ुद-ब-ख़ुद पैदा हो जाते हैं। इत्तिफ़ाक़ देखिए कि पुराने क़दीम काग़ज़ात में मुझको हकीम मोमिन ख़ाँ "मोमिन" देहलवी की एक क़लमी तस्वीर मिली। तस्वीर का मिलना था कि ये ख़याल पैदा हुआ कि तू भी मुहम्मद हुसैन आज़ाद मरहूम के *नैरंग-ए-ख़याल* की महफ़िल-ए-शुअरा की तरह एक मुशायरा क़ायम कर; मगर उन लोगों के कलाम पर तनक़ीद करने की बजाए सिर्फ़ उनकी चलती-फिरती

तस्वीरें दिखा। ख़याल में रफ़्ता-रफ़्ता पुख़्तगी हुई और इस पुख़्तगी-ए-ख़याल ने एक मुशायरे का ख़ाका पेश-ए-नज़र कर दिया; लेकिन ये समझ में नहीं आता था कि मुख़्तलिफ़ ज़मानों के शायरों को किस तरह एक जगह जमा करूँ। इस उक़्दे [भेद] को अमीरुल्लाह तस्लीम मरहूम के इस शेर ने हल कर दिया—

*जवानी से ज़्यादा वक़्त-ए-पीरी जोश होता है*
*भड़कता है चराग़-ए-सुब्ह जब ख़ामोश होता है*

इस शेर का याद आना था कि शुअराए-देहली का आख़िरी दौर आँखों के सामने फिर गया और दिल में ये बात जम गई कि बजाए तमाम शुअराए-उर्दू के, देहली के आख़िरी दौर का नक़्शा खींच दिया जाए। क़ायदे की बात है कि मरने से पहले बीमार सँभाला लेता है। उर्दू शायरी के हक़ में बहादुर शाह सानी का ज़माना भी देहली का सँभाला था। बादशाहत बराए-नाम थी और जो तनख़्वाह बादशाह सलामत को मिलती थी उसमें क़िले का ख़र्च भी मुश्किल से चलता था। बर-ख़िलाफ़ इसके दकन और अवध में दौलत की गंगा बह रही थी, फिर भी "दरिया-ए-जमुना की चमकीली रेत" देहली वालों के लिए नज़र-फ़रेब रही और उस "उजड़े दयार" में शुअरा ही नहीं, हर फ़न के कामिलों का एक ऐसा मज्मा हो गया जिसकी नज़ीर हिंदुस्तान तो हिंदुस्तान, दूसरे किसी मुल्क में भी मिलनी दुश्वार है।

ज़माना एक रंग पर नहीं रहता। 1857 से क़ब्ल [पूर्व] ही उन कामिलीन-ए-फ़न में से बहुत से तो मुल्क-ए-अदम को सिधारे; जो बचे-खुचे रह गए थे, उनको ग़दर के तूफ़ान ने तितर-बितर कर दिया। जिसको जहाँ कुछ सहारा मिला, वहीं का हो रहा। देहली बर्बाद होकर हैदराबाद और रामपूर आबाद हुए। अक्सर शुरफ़ा [शरीफ़ लोग] घरों से ऐसे निकले

कि फिर उनको देहली की सूरत देखनी नसीब न हुई। जो रह गए हैं, वो चलने-चलाने को तैयार बैठे हैं। बहुत से उठ गए बहुत से उठते जाते हैं; और एक ज़माना वो आने वाला है कि कोई ये बताने वाला भी न रहेगा कि मोमिन मरहूम का मकान कहाँ था। जिस तरह सिवाए मेरे अब शायद किसी को ये भी मालूम हो कि उनकी क़ब्र कहाँ है।

इन चराग़-हाए-सहरी को देख-देखकर मुझे ख़याल आया [इस ख़याल की मुहर्रिक [गति देनेवाला] मोमिन मरहूम की तस्वीर भी हुई] कि "उर्दू" के लिए इनसे एक ऐसा तो चराग़ रौशन कर लूँ जिसकी रौशनी में आने वाली नस्लें ज़बान-ए-उर्दू के इन मोहसिनों की शक्लें [ख़्वाह वो धुँधली ही क्यों न सही] देख सकें और उनका कलाम पढ़ते वक़्त कम-से-कम उनकी सूरतों का एक मौहूम-सा नक़्शा पढ़ने वालों की आँखों के सामने फिर जाए। जो लोग इल्मी मज़ाक़ रखते हैं, वो जानते और समझते हैं कि किसी का कलाम पढ़ते वक़्त अगर उसकी शक्ल-ओ-सूरत, हरकात-ओ-सकनात, आवाज़ की कैफ़ियत, नशिस्त-ओ-बर्ख़ास्त [उठना-बैठना] के तरीक़े, तबीअत का रंग और सबसे ज़्यादा ये कि उसके लिबास और वज़ा-क़ता [सजधज] का ख़याल दिल में रहे, तो उसका कलाम एक ख़ास असर पैदा कर देता है और पढ़ने का लुत्फ़ दोबाला हो जाता है; वरना मुसन्निफ़ के हालात से वाक़िफ़ हुए बग़ैर उसकी किसी किताब का पढ़ लेना ग्रामोफ़ोन के रिकॉर्ड सुनने से ज़्यादा मुअस्सिर नहीं होता। यही वजह है कि आजकल मुहज़्ज़ब मुमालिक के किसी मुसन्निफ़ की कोई किताब शाया नहीं होती, जिसके शुरू में उसके हालात दर्ज न किए जाएँ और वो वाक़ियात न दिखाए जाएँ जिनकी मौजूदगी में वो तस्नीफ़ ज़ब्त-ए-तहरीर में आई।

यही ख़यालात थे जिन्होंने मुझे इन चंद औराक़ के लिखने पर आमादा किया। इस अल्बम में आप ऐसी बहुत सी तस्वीरें देखेंगे जो उन

कामिलीन-ए-फ़न ने अपने हाथ से ख़ुद खींची हैं। बहुत से ऐसे मुरक़्क़े [तस्वीरें] पाएँगे जो दूसरे मुसव्विरों के हाथ के बने हुए हैं, बाज़ ऐसे नक़्श-ओ-निगार मिलेंगे जो फ़ोटो या क़लमी तसावीर देखकर अल्फ़ाज़ में उतारे गए हैं, अक्सर-ओ-बेशतर ऐसी सूरतें होंगी जो ख़ुद मैंने बड़े-बूढ़ों से पूछकर बनाई हैं; लेकिन हर सूरत में शहादत-ए-ताईदी के मुक़ाबले में शहादत-ए-तरदीदी को ज़्यादा वुक़अत दी है। यानी अगर किसी वाक़े के मुताल्लिक़ एक भी मुख़ालिफ़ बात मालूम हुई तो उस वाक़े को क़तअन [हरगिज़/बिल्कुल] तर्क कर दिया।

अगर इतने सारे हुलिए एक जगह ही जमा हो जाते, तो यक़ीनन ये मज़मून, फ़ौज के चेहरों का रजिस्टर बनकर बे-लुत्फ़ हो जाता; लेकिन इधर तो आज़ाद मरहूम के *नैरंग-ए-ख़याल* ने दिल में मुशायरे का ख़याल डाला, उधर करीमुद्दीन मग़फ़ूर की किताब *तब्क़ातुश्शुअराए-हिंद* के तब्क़ा-ए-चहारुम ने रजब 1261 हिजरी के एक मुशायरे का पता दिया। अब क्या था, दोनों को मिलाकर एक मज़मून पैदा कर लिया। रही रंग-आमेज़ी [अत्युक्ति], उसकी तकमील मैं ख़ुद कर देता हूँ, अलबत्ता अच्छे-बुरे की ज़िम्मेदारी नहीं लेता।

ब-हैसियत-ए-मुअर्रिख़ [इतिहास-लेखक के तौर पर] 1261 हिजरी के वाक़ियात मैं ख़ुद इस तरह लिख सकता था गोया ये सब मेरे चश्मदीद हैं और—

*हम चू सब्ज़ा बारहा रोईदा अम*
*हफ़्त सद हफ़्ताद क़ालिब दीदा अम*

पर नज़र रखते हुए उस ज़माने का भी "मिर्ज़ा साहब" बन सकता था; मगर मेरे दिल ने गवारा नहीं किया कि करीमुद्दीन मरहूम की कामयाबी

का सहरा अपने सिर पर बाँधूँ और ऐसे शख़्स को दूध की मक्खी की तरह निकालकर फेंक दूँ, जिसने इस मुशायरे में बहुत बड़ा हिस्सा लिया था, जिसके मकान पर ये मुशायरा हुआ था और जो इस मुशायरे की रूह-ए-रवाँ था। ये ज़रूर है कि उनकी ये मज्लिस महदूद थी और मैंने इसको इतनी वुसअत [विस्तार/फैलाव] दी है कि उस ज़माने के तक़रीबन सब बड़े-बड़े शुअरा को इसमें ला बिठाया है। अब इसमें मुझे कामयाबी हुई या नहीं, इसका अंदाज़ा क़ारईन-ए-किराम [पढ़नेवाले] फ़रमा सकते हैं। अगर हुई है, तो ज़ह-ए-नसीब [सौभाग्य] मेरी मेहनत ठिकाने लगी। अगर नहीं हुई, तो कम-से-कम यही समझकर मेरी दाद दी जाए कि मिर्ज़ा साहब ने बात तो अच्छी पैदा की थी मगर निबाह न सके; जो उनसे नहीं हुआ वो अब हम कर दिखाते हैं। मुमकिन है कि इस तरह कोई क़लम का धनी उन "ख़ुफ़्तगान-ए-ख़ाक" [क़ब्र में दफ़्न मृत लोग] का कोई ऐसा मुरक़्क़ा तैयार कर दे जो बज़्म-ए-अदब-ए-उर्दू में सजाने के क़ाबिल हो।

लीजिए "मैं" अब "मौलवी करीमुद्दीन साहब" की जून [किसी दूसरे के रूप में आना] में हाज़िर-ए-ख़िदमत होता हूँ; लेकिन ये ज़रूर अर्ज़ किए देता हूँ कि जब मैं अपनी तमाम मेहनत करीमुद्दीन साहब की नज़्र कर रहा हूँ, तो जो कुछ बुरा-भला आपको इस मज़मून के मुताल्लिक़ कहना है वो मुझे न कहिए, मौलवी साहब को कहिए और ख़ूब दिल भर कर कहिए, मैं ख़ुश और मेरा ख़ुदा ख़ुश, वस्सलाम!

—मिर्ज़ा फ़रहतुल्लाह बेग

# तदबीर

*हवस को है नशात-ए-कार क्या-क्या*
*न हो मरना, तो जीने का मज़ा क्या*

मेरा नाम करीमुद्दीन है, मैं पानीपत का रहने वाला हूँ। ये क़स्बा देहली से चालीस कोस पर ब-जानिब-ए-शुमाल-मग़रिब वाक़े है और अपनी लड़ाइयों की वजह से तारीख़ में मशहूर है। हम अच्छे खाते-पीते लोग थे, मौलवियों का ख़ानदान था; लेकिन ज़माने की गर्दिश ने ऐसा पीसा कि कौड़ी-कौड़ी को मोहताज हो गए, जायदाद ज़ब्त हो गई। मेरे दादा साहब क़िब्ला एक मस्जिद में जा बैठे और अल्लाह-अल्लाह करके गुज़ार दी। जब ज़ब्त-शुदा जायदादों के मुताल्लिक़ दरयाफ़त शुरू हुई तो तवक्कुल [सबकुछ ईश्वर की मर्ज़ी पर छोड़ना] ने उनका दामन पकड़ लिया, अपनी जगह से न हिले। नतीजा ये हुआ कि हमेशा के लिए रोटियों का सहारा खो बैठे। मेरे वालिद सिराजुद्दीन मरहूम ब-मिस्दाक़ इस्मत बीबी अज़ बे-चादरी मुतवक्किल [ईश्वर पर भरोसा रखनेवाला] बने रहे और मस्जिद में ऐसे बैठे कि मर कर उठे। मैं 1237 हिजरी में ऐन ईदुलफ़ितर के दिन पैदा हुआ। मेरी तालीम उन्हीं दोनों बुज़ुर्गों के हाथों हुई; लेकिन बेचैन तबीअत और ख़ानदानी झगड़ों ने आख़िर पानीपत छुड़ाया। उस ज़माने

में देहली में इल्म का बड़ा चर्चा था। हर फ़न के कामिलों से देहली भरी पड़ी थी। हर सम्त इल्म के चशमे जारी थे। "मुल्ला की दौड़ मस्जिद'—मैं भी पानीपत छोड़ देहली आ गया। शहर में छापेख़ाने नए-नए चले थे, कापी-नवीसी से गुज़ारा करता। मेहनत-मज़दूरी के बाद भी ज़ौक़-ए-इल्म हर हल्क़ा-ए-दरस में मुझे ले जाता। उसी ज़माने में देहली कॉलेज की तंज़ीम-ए-जदीद [नई संस्था/संघटन] हुई थी, तालिब-ए-इल्मों की तलाश थी, मैं भी अठारह साल की उम्र में वहाँ शामिल हो गया। सोलह रुपए वज़ीफ़ा भी मुक़र्रर हुआ और इस तरह मैंने इल्म की प्यास बड़ी हद तक बुझाई; लेकिन ये वो ज़माना नहीं था कि इल्म को इल्म के लिए हासिल किया जाता, अब उसके साथ गुज़ारे की एक बड़ी शिक़ [रुकावट/अड़चन] लग गई थी; इसलिए चंद दोस्तों के साथ मिलकर एक मत्बा [मुद्रणशाला] खोला। क़ाज़ी के हौज़ पर मुबारकुन्निसा बेगम की हवेली किराए पर ली। अरबी की मशहूर-मशहूर किताबों के तर्जुमे छापे; लेकिन मत्बा जैसा चलना चाहिए था, न चला।

ये उर्दू शायरी के शबाब का ज़माना था। बादशाह से लेकर फ़क़ीर तक सब इसी रंग में रँगे हुए थे। ख़याल आया कि एक मुशायरा क़ायम करके शुअरा के हालात और उनका कलाम तबा [छापना] करूँ; मुमकिन है कि इस तरह मत्बा चल जाए। मुझे शायरी से न कभी लगाव था और न अब है; बल्कि शेर कहना भी बुरा जानता हूँ क्योंकि अहल-ए-इल्म का ये पेशा नहीं है। वो लोग जो मईशत [जीविका] से फ़ारिग़ुलबाल [निश्चिंत/बेफ़िक्र] हैं, अपना दिल बहलाने और हसरत निकालने के लिए शायरी करते हैं।

मैं ख़ुद आलिम हूँ, मेरे बाप-दादा आलिम थे; भला मैं तो इस क़िस्म की फुज़ूलियात की तरफ़ तवज्जोह भी न करता, मगर क्या करूँ ज़रूरत सब ख़यालात पर हावी हो गई और मुझे क़याम-ए-मुशायरा पर मजबूर

किया; लेकिन बड़ी मुसीबत ये है कि एक तो इस शहर में ग़रीब और ख़ासकर परदेसी ग़रीब को मुँह नहीं लगाते। दूसरे ये कि मेरी जान-पहचान थी तो मौलवियों से, वो भला इस मुआमले में मेरा क्या साथ दे सकते थे। सोचते-सोचते नवाब ज़ैनुल आब्दीन ख़ाँ आरिफ़ पर नज़र पड़ी। उनसे दो-चार दफ़ा मिलना हुआ था। बड़े ख़ुश-अख़्लाक़ आदमी हैं। लाल कुएँ के पास एक हवेली है, उसको मदरसा भी कहते हैं, वहाँ रहते हैं। कोई तीस साल की उम्र है। गोरी रंगत, ऊँचा क़द और निहायत जामा-ज़ेब आदमी हैं, अलबत्ता दाढ़ी भरकर नहीं निकली है। ठुड्ढी ही पर कुछ गिनती के बाल हैं। ग़ालिब के भाँजे भी हैं और शागिर्द भी। कुछ अर्से तक शाह नसीर से भी इस्लाह ली है। बहरहाल उनकी मुहब्बत, उनकी शराफ़त और सबसे ज़्यादा उनके रसूख़ ने मुझे उनकी ख़िदमत में हाज़िर होने और इस बारे में उनकी इम्दाद हासिल करने पर मजबूर किया। एक रोज़ सुब्ह ही सुब्ह घर से निकलकर उनके मकान पर पहुँचा। मालूम हुआ कि वो हकीम अहसनुल्लाह ख़ाँ साहब वज़ीर-ए-आज़म के मकान पर तशरीफ़ ले गए हैं। हकीम साहब का मकान सिरकी वालों ही में था। वापसी में दरवाज़े पर दरयाफ़्त किया तो मालूम हुआ कि नवाब ज़ैनुल आब्दीन ख़ाँ अंदर हैं। चोबदार [द्वारपाल/दरबान] के ज़रिए से इत्तिला कराई। उन्होंने अंदर बुला लिया। बड़ा आलीशान मकान है। सहन में नहर है, सामने बड़ा चबूतरा है और चबूतरे पर बड़े-बड़े दालान-दर-दालान। मकान ख़ूब आरास्ता-पैरास्ता है। हर चीज़ से अमारत टपकती है। सामने गाव-तकिए से लगे नवाब साहब बैठे थे। मैंने तो उनको पहचाना भी नहीं, सूखकर काँटा हो गए थे और चेहरे पर झुर्रियाँ पड़ गई थीं। मैंने सलाम करके कैफ़ियत पूछी, कहने लगे, 'मौलवी साहब क्या कहूँ, कुछ दिल बैठा जाता है। ब-ज़ाहिर कुछ मरज़ भी नहीं मालूम होता। इलाज कर रहा हूँ, मगर बे-नतीजा। भई अब हमारे

चल-चलाव का ज़माना है। कुछ दिनों दुनिया की हवा खा रहे हैं मगर ये तो कहिए आज आप किधर निकल आए?' मैंने वाक़ियात का इज़हार करके ज़रूरत बयान की। थोड़ी देर तक सोचते रहे फिर एक आह भर कर कहा, 'मियाँ करीमुद्दीन! तुमको बात तो अच्छी सूझी है मगर भई इसका निबाहना मुश्किल है। तुम्हें ख़बर नहीं, देहली के पहले मुशायरों ने क्या कुछ दिलों में फ़र्क़ डाल दिए हैं। दिल तो मेरा भी चाहता है कि मरते-मरते एक ऐसा मुशायरा देख लूँ जिसमें यहाँ के सब कामिलीन-ए-फ़न जमा हो जाएँ मगर मुझे ये बेल मँढ़े चढ़ती मालूम नहीं होती। अच्छा तुम भी कोशिश करो, मैं भी करता हूँ, मुमकिन है कि कोई सूरत निकल आए। हाँ ठहरो, हकीम साहब को आने दो। एक तज्वीज़ ज़ेहन में आई है, अगर चल गई तो मेरी भी आख़िरी तमन्ना पूरी हो जाएगी और तुम्हारा भी काम निकल जाएगा।' हम ये बातें कर ही रहे थे कि हकीम एहसानुल्लाह ख़ाँ साहब निकल आए। गोरे-चिट्टे आदमी हैं, सफ़ेद भरी हुई दाढ़ी, गोल चेहरा, उसमें कुछ-कुछ चेचक के दाग़, आँखों से ज़हानत टपकती थी, सिर से पाँव तक सफ़ेद लिबास पहने हुए थे। फ़न-ए-तिब [चिकित्साशास्त्र/आयुर्वेद की कला] में कामिल और तारीख़ के आलिम हैं। मैं आदाब बजा लाया, मेरी तरफ़ मुस्कुराकर देखा और नवाब साहब से कहा, 'आपकी तारीफ़ कीजिए।' उन्होंने कहा, 'ये मेरे क़दीम मिलने वालों में से हैं। ख़ुद शायर नहीं मगर शेर-फ़हम हैं। आजकल ख़याल पैदा हुआ है कि शुअराए-देहली का एक तज़्किरा लिखें और उसमें उनके हुलिए और उनके कलाम के नमूने दिखाएँ। मुझसे मशवरा करने आए थे। आप जानते हैं मुझे इन चीज़ों से इश्क़ है। अब अपना आख़िरी वक़्त है, जी चाहता है कि पुराने रंग का एक मुशायरा और देख लूँ; अगर आप मदद फ़रमाएँ तो ये मुश्किल आसान हो सकती है।' हकीम साहब कहने लगे, 'मियाँ आरिफ़! ख़ुदा के लिए

ऐसी मायूसी की बातें न किया करो। अभी जवान हो, इंशा अल्लाह ख़ुद तबीअत मरज़ पर ग़ालिब आ जाएगी। और तुम्हें मरज़ ही क्या है वहम ही वहम है; मगर हाँ ये तो बताओ तुम मुझसे किस क़िस्म की मदद चाहते हो?' नवाब साहब ने कहा, 'हकीम जी! और कुछ नहीं, इतना कर दो कि मियाँ करीमुद्दीन को बारगाह-ए-जहाँपनाही तक पहुँचा दो। मैं ख़ुद जाता मगर हिम्मत नहीं होती। मैं उनको सबकुछ समझा दूँगा। अगर हज़रत ज़िल्लुल्लाह [मुग़ल बादशाहों के लिए प्रयुक्त होने वाला शब्द] अपना कलाम भेजने पर राज़ी हो गए तो मुशायरे का जम जाना कोई मुश्किल काम नहीं। और अगर बद-क़िस्मती से इन्कार हो गया तो फिर मुशायरे का ख़याल करना ही फ़ुज़ूल है। अब रहा मुशायरे का इंतिज़ाम, तो वो मैं ख़ुद कर लूँगा क्योंकि ये बेचारे इन चीज़ों को क्या समझें।' हकीम साहब पहले तो कुछ सोचते रहे, फिर कहा, 'आरिफ़! तुम्हारे लिए मैं सबकुछ करने को तैयार हूँ। इसलिए और भी करूँगा कि इससे तुम्हारी तबीअत बहल जाएगी और कुछ दिनों इस मश्ग़ले में लगकर मुमकिन है कि तुम्हारे दिल से मरज़ का वहम जाता रहे। बादशाह सलामत से तो मैं कहता नहीं, हाँ आपके दोस्त साहिब-ए-आलम[1] मिर्ज़ा फ़त्हुल-मुल्क बहादुर से मिला देता हूँ, उनको आजकल मुशायरे की लौ लगी हुई है। हुज़ूर से भी कई मर्तबा अर्ज़ कर चुके हैं मगर वो टाल गए। अगर इन साहब ने ज़रा भी ज़ोर दिया तो मुझे यक़ीन है कि साहिब-ए-आलम कह-सुनकर ज़रूर इजाज़त हासिल कर लेंगे। अच्छा तो मौलवी साहब! कल आप एक बजे क़िला-ए-मुअल्ला में

1 इनका नाम मिर्ज़ा फ़ख़्रुद्दीन, ख़िताब मिर्ज़ा फ़त्हुल-मुल्क, शाह बहादुर उर्फ़ मिर्ज़ा फ़ख़्रू और तख़ल्लुस रम्ज़ था। बहादुर शाह शानी के मँझले बेटे थे। मिर्ज़ा मुहम्मद दाराबख़्त उर्फ़ मिर्ज़ा शिब्बू वली अहद-ए-सल्तनत के इंतिक़ाल के बाद 1849 में वली अहद हुए मगर ग़दर से पहले ही 10 जुलाई 1952 में 40 साल की उम्र में इंतिक़ाल किया। इनके इंतिक़ाल के बाद मिर्ज़ा जवाँबख़्त की वली अहदी के झगड़े पड़े।

आ जाइए, मैं चोबदार से कहे जाता हूँ, ये अंदर पहुँचा देगा, आगे आप जानें और आपकी क़िस्मत।' ये कहकर हकीम साहब ने ख़ुदाबख़्श को आवाज़ दी। वो आया तो उससे कहा कि कल ये साहब[2] हवेली में एक बजे आएँगे, इनको मेरी बैठक में पहुँचा देना। ये कहकर वो नवाब साहब की तरफ़ मुतवज्जा हो गए और मैं आदाब करके वापिस चला आया।

दूसरे रोज़ एक बजे के क़रीब मैं मौलवियाना ठाठ से जुब्बा पहन, शमला बाँध, क़िला-ए-मुअल्ला पहुँचा। लाहौरी दरवाज़े के बाहर ख़ुदाबख़्श खड़े हुए थे। वो मुझको हकीम साहब की बैठक में ले गए। ये बैठक जिसको पहले ज़माने में "नशिस्त" कहा जाता था, दीवान-ए-आम से मिली हुई थी। हकीम साहब बैठे कुछ लिख रहे थे। मुझे देखकर बोले, 'अजी मौलवी साहब, मैंने आपका काम कर दिया है, साहिब-ए-आलम मिर्ज़ा फ़त्हुल-मुल्क बहादुर से सुब्ह ही को मिलना हो गया, वो इस तज्वीज़ से बड़े ख़ुश हुए। फ़रमाते थे, जहाँपनाह से मैं इजाज़त लिए लेता हूँ, मगर मुशायरे का इंतिज़ाम ऐसा होना चाहिए कि हम लोग भी आ सकें, ख़ैर बैठिए, शायद अभी आपकी याद हो।' मैं एक तरफ़ बैठ गया। बैठा ही था कि चोबदार ने आकर कहा, 'वो करीमुद्दीन कौन साहब हैं, उनको हुज़ूर-ए-वाला याद फ़रमाते हैं।' ये सुनना था कि मेरे पसीने छूट गए। मैं समझा था कि हकीम साहब ही के पास जाकर मुआमला तय हो जाएगा। ये क्या ख़बर थी कि बारगाह-ए-जहाँपनाही में याद होगी और याद भी ऐसे वक़्त कि मेरा साँस भी पेट में पूरी तरह न समाया होगा। "हुक्म-ए-हाकिम, मर्ग-ए-मुफ़ाजात" उठा और चोबदार के पीछे-पीछे रवाना हुआ। तमाम रास्ते आयतुलकुरसी पढ़ता। आँख

---

2 क़िला-ए-देहली को "लाल हवेली" या सिर्फ़ "हवेली" भी कहा जाता है। हाफ़िज़ अब्दुर्रहमान ख़ाँ एहसान का शेर है :

मिरी तनख़्वाह लूटी उन लुटेरों ने हवेली में / बहादुर शाह ग़ाज़ी की दुहाई है दुहाई है

उठाकर ये भी न देखा कि ये बंदा-ए-ख़ुदा किधर लिए जा रहा है। अंदर से क़िला देखने का मुद्दत से शौक़ था। अब जो मौक़ा मिला तो किन अँखियों से भी देखने की हिम्मत न हुई। चलते-चलते आँध आ गई। आख़िर ख़ुदा-ख़ुदा करके चोबदार ने दीवान-ए-ख़ास की सीढ़ियों के पास ले जाकर खड़ा कर दिया और आप अंदर इत्तिला देने चला गया। हज़रत जहाँपनाह उस वक़्त हम्माम में रौनक़-अफ़रोज़ थे। जिन साहिबों ने देहली का क़िला नहीं देखा है, वो शायद न समझ सकें कि गर्मियों में हम्माम में बैठने के क्या मानी? अस्ल ये है कि ये हम्माम क्या है, एक आलीशान इमारत है। इसके दो दर्जे हैं : एक गर्म, दूसरा सर्द। इमारत का जो हिस्सा मोती मस्जिद की जानिब है, वो गर्म है और जो जमुना के रुख़ पर है वो सर्द है। रेती के रुख ख़स के पर्दे डालकर ख़स-ख़ाना बना लिया जाता है। अंदर नहर बहती है। बीच में कई बड़े-बड़े हौज़ हैं, उनमें फ़व्वारे चलते हैं। हम्माम क्या है, एक बहिश्त का टुकड़ा है। चोबदार जो गया तो आने का नाम नहीं लेता। धूप में खड़े-खड़े फ़िशार हो गया। पसीने में तरबतर, गर्दन नीची किए खड़ा हूँ और नाक से पसीने की बूँदें टप-टप गिर रही हैं। इरादा हुआ कि वापस चला जाऊँ; मगर अव्वल तो तलबी के बाद भाग जाना ही ना-ज़ेबा [अनुचित], दूसरे रास्ते किसको मालूम। ख़ुदा-ख़ुदा करके ये मुश्किल आसान हुई और चोबदार ने आकर कहा कि चलिए। इस एक लफ़्ज़ ने ख़ुद-ब-ख़ुद पाँव में लग़्ज़िश और दिल में कँपकँपी पैदा कर दी। ख़ैर, किसी-न-किसी तरह उल्टे-सीधे पाँव डालता हम्माम-ए-मुबारक में दाख़िल हो गया। चोबदार ने आवाज़ दी, 'अदब से, निगाह रूबरू, हज़रत जहाँपनाह सलामत, आदाब बजा लाओ।' मैं नवाब ज़ैनुल आब्दीन ख़ाँ साहब से ये सबक़ पूरा और अच्छी तरह पढ़कर आया था। दोहरा होकर सात तस्लीमात बजा लाया और नज़्र गुज़रानी। नज़्र देते वक़्त ज़रा आँख ऊँची हुई तो वहाँ का रंग देखा। हज़रत

पीर-ओ-मुर्शिद एक चाँदी की पलंगड़ी पर लेटे थे। पाएँती मिर्ज़ा फ़ख़्रू बैठे पाँव दबा रहे थे। देहली में वो कौन है जिसने हज़रत ज़िल्लुल्लाह को नहीं देखा। मयाना क़द, बहुत नहीफ़ जिस्म, किसी क़दर लंबा चेहरा, बड़ी-बड़ी रौशन आँखें, आँखों के नीचे की हड्डियाँ बहुत उभरी हुई, लंबी गर्दन, चौका ज़रा ऊँचा, पतली सुतवाँ नाक, बड़ा दहाना, गहरी साँवली रंगत, सिर मुँडा हुआ, छिदरी दाढ़ी, कल्लों पर बहुत कम, ठोढ़ी पर ज़रा ज़्यादा, लबें कतरी हुई, सत्तर बरस से ऊँची उम्र थी। बाल सफ़ेद भक् हो गए थे लेकिन फिर भी दाढ़ी में इक्का-दुक्का सियाह बाल था। चेहरे पर झुर्रियाँ थीं, लेकिन बावजूद इस पीराना-साली [बुढ़ापा] और नक़ाहत [निर्बलता] के आवाज़ में वही करारापन था। सब्ज़-ए-कम-ख़्वाब का एक बर्का पाएजामा और सफ़ेद ढाके की मलमल का कुर्ता ज़ेब-ए-बदन था। सामने एक चौकी पर जामावार [एक प्रकार की छींट जिससे अँगरखा या शेरवानी बनती है] की ख़फ़्क़ान और कारचोबी चौगोशिया टोपी रखी हुई थी। अब रहे मिर्ज़ा फ़ख़्रू, तो वो ऐन-मेन बाप की तस्वीर थे। बत्तीस-तैंतीस बरस की उम्र थी, फ़र्क़ था तो बस यही कि वो बूढ़े थे, ये जवान। उनका रंग बुढ़ापे की वजह से ज़रा कलौंस ले आया था। इनका खुला गेंहुँवा रंग था। उनकी दाढ़ी सफ़ेद थी, इनकी सियाह, वरना यही मालूम होता था कि एक बादशाह लेटे हैं और एक बैठे हैं। दोनों ने मुझपर एक गहरी नज़र डाली और बादशाह सलामत ने फ़रमाया, 'अमाँ[3] तुम्हारा ही नाम करीमुद्दीन है? कहीं बाहर के मालूम होते हो?' मैंने

3 क़िला-ए-देहली के दौर-ए-आख़िर में शाहान-ए-देहली बाज़ वक़्त मर्द-औरत दोनों को "अमाँ" से ख़िताब किया करते थे, चुनाँचे इस तर्ज़-ए-कलाम की झलक हैदराबाद के रोज़मर्रा में भी किसी क़दर नज़र आती है। मुझे बड़ा ताज्जुब है कि एक मुअर्रिख़ ने इस तरीक़ा-ए-मुख़ातबत की बिना पर क़िला-ए-मुअल्ला की तहज़ीब-ओ-अख़्लाक़ पर हमला किया है और लिखा है कि बादशाह के अख़्लाक़ की पस्ती का अंदाज़ा इससे किया जा सकता है कि वो अपनी बीवी को भी "अमाँ" कहता था। मालूम

कहा, 'ख़ानज़ादा पानीपत का रहने वाला है। बचपन ही से हज़रत ज़िल्लुल्लाह के साया-ए-आतिफ़त में आ रहा है।' फ़रमाया, 'अमाँ अभी तुम्हारा ही ज़िक्र मिर्ज़ा फ़ख़्रू कर रहे थे। मेरा ख़ुद जी चाहता है कि पहले की तरह दीवान-ए-आम में मुशायरा करूँ, मगर क्या करूँ ज़माने की हवा ऐसी बिगड़ गई है कि मुनासिब मालूम नहीं होता। ये सही है कि "बूद हम पेशा बा हम पेशा दुश्मन" लेकिन ख़ुदा महफ़ूज़ रखे ऐसी दुश्मनी भी किस काम की कि दो-घड़ी मिल-जुलकर न बैठने दे। दीवान-ए-आम में मुशायरा होता था, वो कुछ दिनों ठीक चला। फिर मैंने देखा कि बे-लुत्फ़ी बढ़ रही है इसलिए बंद कर दिया। मुंशी फ़ैज़ पारसा ने अजमेरी दरवाज़े के बाहर ग़ाज़ीउद्दीन ख़ाँ के मदरसे में मुशायरा शुरू किया, वो तीलियों की तरह बिखर गया। वो तो कहो ग़नीमत हुआ कि रदीफ़ में "तीलियाँ" ही थीं, कहीं ख़ुदा-न-ख़्वास्ता अगर रदीफ़ में "लकड़ियाँ" होतीं तो ख़ुदा मालूम कितनों के सर फूट जाते। तुम मुशायरा तो कर रहे हो मगर उन हाथियों की टक्कर कैसे सँभालोगे। उस्ताद ज़ौक़ तो बेचारे बे-ज़बान आदमी हैं मगर ख़ुदा बचाए हाफ़िज़ वीरान से, वो ज़रूर लड़ मरेंगे और तुम जानते हो, "अंधे की दाद न फ़रियाद, अंधा मार बैठेगा।" की सूरत है। किसी ने अगर मुशायरे में उस्ताद पर ज़रा भी चोट कर दी तो उन नाबीना [नेत्रहीन] साहब को सँभालना मुश्किल हो जाएगा। मियाँ तुमसे ये काम सँभलता नज़र नहीं आता।' मैंने अर्ज़ की कि क़िब्ला-ए-आलम! मेरी क्या हिम्मत है जो मैं इतने बड़े काम

---

होता है कि ये साहब अँग्रेज़ी नहीं जानते थे वरना उनको ये पढ़कर ताज्जुब होता कि जिस क़ौम को वो तहज़ीब का पुतला और अख़्लाक़ का नमूना ज़ाहिर करते हैं उनके यहाँ भी ख़ाविंद अपनी बीवी को "अम्माँ" ही कहता है और बीवी ख़ाविंद को भी "अब्बा" और कभी "दादा" पुकारती है। मेरे ख़याल में ये "अरे मियाँ" का इख़्तिसार है, चुनाँचे अब भी बे-तकल्लुफ़ बोलचाल में मियाँ को "माँ" कह जाते हैं। [एडिटर रिसाला उर्दू]

में हाथ डाल सकूँ। मुशायरे का सारा इंतिज़ाम नवाब ज़ैनुल आब्दीन ख़ाँ आरिफ़ ने अपने ज़िम्मे लिया है। फ़रमाया, 'तो मुझे इत्मीनान है, ये लड़का बड़ा होशयार और ज़हीन है। मिर्ज़ा नौशा और मोमिन ख़ाँ को वो सँभाल लेगा। रहे उस्ताद ज़ौक़, उनसे मैं कह दूँगा। ख़ुदा ने चाहा तो इस तरह मुशायरा चल जाएगा, मगर मैं कहे देता हूँ कि मुशायरे से पहले इन लोगों से मिल लो, कहीं ऐसा न हो कि वक़्त पर इन्कार कर बैठें। मैं और मिर्ज़ा शब्बू तो आ नहीं सकते हैं, हाँ मिर्ज़ा फ़ख़्रू को अपनी जगह भेज दूँगा और इंशाअल्लाह अपनी ग़ज़ल भी भेज दूँगा। हाँ ये बताओ कि तुमने "तरह" क्या रखी है? "तरह" ही तो बड़े झगड़े की चीज़ है। ये ज़रा सोच समझकर देना।' ये बातें हो ही रही थीं कि बाज़ू से आवाज़ आई, 'ऐ है! ये अन्ना बच्चे को क्या बे-तरह सुला गई है।' ये सुनते ही बादशाह सलामत ने फ़रमाया, 'लो भाई! ये ख़ुद-ब-ख़ुद फ़ाल-ए-गोश मिल गई, तुम इस मुशायरे में कोई "तरह" ही न दो। जिस शख़्स का जिस बह्र, जिस रदीफ़-क़ाफ़िए में ग़ज़ल पढ़ने को दिल चाहे पढ़े, न लेना एक न देना दो।' मैंने अर्ज़ की, 'पीर-ओ-मुर्शिद! तारीख़?' फ़रमाया, '14 रजब मुक़र्रर कर दो। दिन भी अच्छा है, चाँदनी रात भी होगी, आज पाँच तारीख़ है, नौ दिन बाक़ी हैं, इतने दिनों में बहुत कुछ इंतिज़ाम हो सकता है। अँग्रेज़ी की 20 जुलाई पड़ेगी, मौसम भी ठंडा हो जाएगा। अच्छा अब ख़ुदा-हाफ़िज़।' मैंने उम्र-ओ-दौलत-ओ-इक़बाल को दुआ दी और ख़ुश-ख़ुश उल्टे क़दमों वापस हुआ। मिर्ज़ा फ़ख़्रू बीच में नहीं बोले। मगर मैं समझता था कि ये सब किया-धरा उन्हीं का है वरना कहाँ मैं और कहाँ ख़ल्वत-ए-शाही। सच है—बिगड़ी बन जाती है जब फ़ज़्ल-ए-ख़ुदा होता है। यहाँ मैं इतना ज़रूर कहूँगा कि मेरे लिए हुज़ूरी उतनी मुश्किल न थी, जितना ये रुख़्स्त होकर उल्टे पाँव चलना हुआ। ज़मीन पाँव को नहीं लगी थी, इसलिए दो-चार क़दम ही चला हूँगा कि पीछे एक दीवार

से टकराया। इस टक्कर से ज़रा सँभला था कि नहर में पाँव जा पड़ा। ख़ैर ब-हज़ार मुश्किल इस जादा-ए-अदब को तय करके बाहर निकल ही आया। इधर मैं निकला, उधर चोबदार साथ हुआ। उसको इनाम दे-दिलाकर टाला। हकीम साहब के पास आया। वो मेरे इंतिज़ार ही में बैठे थे। उनसे तमाम वाक़िया बयान किया। फ़रमाने लगे, 'मौलवी साहब बात ये है कि मिर्ज़ा फ़ख़्रू बहुत दिनों से मुशायरे के लिए बेचैन हो रहे थे, उन्हीं की ये कारगुज़ारी है। वरना भला ये मुआमला इस तरह थोड़ी तय होता। मगर चलो तुम्हारा काम बन गया। मियाँ आरिफ़ से जाकर कह दो, वो मेरे ही हाँ बैठे इंतिज़ार कर रहे होंगे।'

हकीम साहब के मकान पर पहुँचा तो देखा कि वाक़ई नवाब साहब मेरे इंतिज़ार में बैठे हैं। उनसे हालात बयान किए। कहने लगे, 'चलो ये मुश्किल तो आसान हुई। अब तुम ये करो कि कल कम से कम उस्ताद ज़ौक़, मिर्ज़ा नौशा और हकीम मोमिन ख़ाँ के मकान का गश्त लगा डालो, मगर देखना ज़रा फूँक-फूँककर क़दम रखना। ये तीनों बड़े दिमाग़दार आदमी हैं। अगर ज़रा भी तुमसे बातचीत में लग़्ज़िश हुई तो याद रखो कि बना-बनाया खेल बिगड़ जाएगा। जब देखो कि इनमें से कोई हाथों से निकला ही जाता है, तो मेरा नाम ले देना। क्या अजब है कि मेरा नाम सुनकर राज़ी हो जाएँ। दूसरी बात ये है कि मुबारकुन्निसा बेगम की हवेली, जिसमें तुम्हारा मत्बा है, दो रोज़ में ख़ाली करके बिल्कुल मेरे हवाले कर दो। मुझे वहाँ नशिस्त का इंतिज़ाम करना होगा।' मैंने कहा, 'और मैं कहाँ जाऊँ?' फ़रमाने लगे, 'मेरे मकान पर आठ-नौ रोज़ के लिए आ जाओ, तुमको तकलीफ़ तो होगी मगर क्या किया जाए। जब क़िले के लोगों को बुला रहे हैं तो उन्हीं के रुत्बे के मवाफ़िक़ मकान को भी दुरुस्त करना होगा। देखिए ख़र्च क्या पड़ता है?' मैंने कहा, 'मुशायरे में ख़र्च ही ऐसा कौन-सा होता है, ज़्यादा से ज़्यादा सवा सौ

रुपए उठ जाएँगे।' ये सुनकर नवाब साहब मुस्कुराए और कहा, 'मियाँ करीमुद्दीन! तुम क्या जानो कि ऐसे मुशायरों में क्या ख़र्च हो जाता है। हज़ार दो-हज़ार में भी अगर पूथ पूरा हो गया तो समझो कि सस्ते छूटे।' ये सुनकर तो मेरे हाथों के तोते उड़ गए। मैंने कहा, 'नवाब साहब अगर ये सूरत है तो मेरा ऐसे मुशायरे को दूर ही से सलाम। मत्बा तो मत्बा, अगर अपने आपको बेच डालूँ तो इतनी रक़म न उठे।' फ़रमाने लगे, 'भई तुम इस ख़र्च के झगड़े में न पड़ो, ख़ुदा ये मुश्किल भी आसान कर देगा। जब मैंने इस काम में हाथ डाला है तो मैं जानूँ और मेरा काम जाने, तुम बैठे तमाशा देखो; मगर हाँ, कल तक मकान ख़ाली कर देना। नौ ही दिन तो रह गए हैं। रात कम और स्वाँग बहुत है। अब जाओ ख़ुदा-हाफ़िज़, तुम थक भी गए हो, ज़रा आराम ले लो और कल सुब्ह ही से मकान ख़ाली करने की फ़िक्र करो, उधर इन तीनों उस्तादों के मकान का चक्कर लगाओ। मकान ख़ाली हो जाए तो फ़ौरन मुझे इत्तिला देना और ख़ुद मेरे हाँ चले आना। इसमें शर्म की कौन-सी बात है। आख़िर मेरी ही वजह से तो तुम अपना मकान छोड़ रहे हो।' वहाँ से निकलकर मैं अपने घर आया, मत्बे को बंद करते-करते और सामान समेटते-समेटते शाम हो गई। सुब्ह उठकर अपने पहनने-ओढ़ने का सामान तो नवाब ज़ैनुल आब्दीन ख़ाँ के मकान पर रवाना किया और ख़ुद काबली दरवाज़े की तरफ़ चला कि पहले उस्ताद ज़ौक़ ही से बिस्मिल्लाह करूँ।

काबली दरवाज़े के पास ही उनका मकान है। मकान बहुत छोटा है। छोटी-सी ड्योढ़ी है। उसमें एक तरफ़ जाए-ज़रूर है। अंदर सेहन इतना छोटा है कि दो पलंग बिछने के बाद रास्ता चलने के लिए मुश्किल से जगह रहती है। सामने छोटा-सा दालान है और उसके ऊपर एक कमरा है। सेहन में से ज़नाने मकान में रास्ता जाता है। जब मैं पहुँचा तो उस्ताद सेहन में बान की खुर्री चारपाई पर बैठे हुक़्क़ा पी रहे थे।

दूसरी चारपाई पर उनके चहीते शागिर्द हाफ़िज़ ग़ुलाम रसूल वीरान बैठे थे। ये अंधे हैं और इन्हीं से होशयार रहने के लिए हज़रत जहाँपनाह ने इर्शाद फ़रमाया था। उस्ताद ज़ौक़ क़द-ओ-क़ामत में मुतवस्सित-अंदाम हैं। रंग अच्छा साँवला है, चेहरे पर चेचक के बहुत दाग़ हैं, आँखें बड़ी-बड़ी और रौशन और निगाहें तेज़ हैं। चेहरे का नक़्शा खड़ा-खड़ा है। उस वक़्त सफ़ेद तंग पाएजामा और सफ़ेद कुर्ता और सफ़ेद ही अँगरखा पहने हुए थे। सर पर मलमल की टोपी गोल चंदवे की थी। मेरा सेहन में क़दम रखना था कि मेरे पाँव की आहट सुनते ही हाफ़िज़ वीरान ने चौंक कर कहा, 'कौन है?' मैंने कहा, 'करीमुद्दीन उस्ताद ज़ौक़ की ख़िदमत में हाज़िर हुआ हूँ।' उस्ताद ने अपना नाम सुनकर कहा, 'आइए-आइए, अंदर तशरीफ़ लाइए।' मैंने आदाब किया। उन्होंने फ़रमाया, 'बैठो भई बैठो।' मैं हाफ़िज़ वीरान के पास चारपाई पर बैठ गया। कहा, 'फ़रमाइए कैसे तशरीफ़ लाना हुआ?' मैंने अर्ज़ की कि मेरा इरादा क़ाज़ी के हौज़ पर एक मुशायरा शुरू करने का है। 14 रजब तारीख़ मुक़र्रर हुई है। अगर हुज़ूर भी अज़-राह-ए-ज़र्रा-नवाज़ी क़दम-रंजा [पदार्पण करनेवाला] फ़रमाएँ तो बईद-अज़-करम [उपकार से कम] न होगा।' मेरा इतना कहना था कि हाफ़िज़ वीरान तो चिराग़-पा [आपे से बाहर होना] हो गए। कहने लगे, 'जाइए-जाइए, कहाँ का मुशायरा निकाला है। उस्ताद को फ़ुर्सत नहीं है, इन मिर्ज़ा ले पालक[4] के पास क्यों नहीं जाते जो ख़्वाह-मख़्वाह इनको आकर दिक़ करते हो।' उस्ताद ने कहा, 'भई हाफ़िज़ वीरान! तुम्हारी ज़बान नहीं रुकती, बैठे-बिठाए दुनिया से लड़ाई

4 उन दिनों देहली में लोगों ने ये उड़ा रखा था कि मिर्ज़ा नौशा [ग़ालिब] मिर्ज़ा अब्दुल्लाह बेग के बेटे नहीं हैं, बल्कि उन्होंने उनको पाल लिया है और ये दरअस्ल किसी कश्मीरी की औलाद हैं। हाफ़िज़ वीरान ने इसी तरफ़ इशारा किया है। ख़ुदा महफ़ूज़ रखे देहली वालों से। जो बाहर से आया है, उसके हसब-नसब में उन्होंने कीड़े डाले।

मोल लेते हो।' हाफ़िज़ वीरान कहने लगे, 'उस्ताद! जब वो आपको बुरा-भला कहें तो हम क्यों चुप बैठने लगे। वो एक कहेंगे तो हम सौ सुनाएँगे, और तो और मियाँ आशुफ़्ता को दिन लगे हैं। कल ही की बात है कि आपको नावड़ा कह रहे थे; मगर मैंने भी ऐसी ख़बर ली कि तमाम उम्र याद करेंगे। उनकी सात पुश्त को तूम डाला।' उस्ताद हँसकर फ़रमाने लगे, 'ना भई ना, तुम मेरी वजह से क्यों बला में पड़ते हो। मुझे जिसका जो जी चाहे सो कहे। मैंने तो सब का जवाब इस रुबाई में दे दिया है :

*तू भला है तू बुरा हो नहीं सकता ऐ ज़ौक़*
*है बुरा वो ही कि जो तुझको बुरा जानता है*
*और जो ख़ुद तू ही बुरा है तो वो सच कहता है*
*क्यों बुरा कहने से उसके तू बुरा मानता है*

मैंने अर्ज़ की कि मैं कल बारगाह-ए-सुलतानी में हाज़िर हुआ था, हज़रत ज़िलुल्लाह ने इर्शाद फ़रमाया था कि इस मुशायरे में हम मिर्ज़ा फ़त्हुल-मुल्क बहादुर को अपनी तरफ़ से भेजेंगे और अपनी ग़ज़ल भी भेजकर मुशायरे की इज़्ज़त बढ़ाएँगे। और ये भी इर्शाद हुआ था कि उस्ताद ज़ौक़ से भी कह देंगे वो भी मुशायरे में ज़रूर आएँगे। ये सुनकर हाफ़िज़ वीरान तो ठंडे पड़ गए। उस्ताद ने फ़रमाया, 'हाँ भई मुझे याद आ गया, कल शाम को हज़रत पीर-ओ-मुर्शिद ने मुझसे भी फ़रमाया था और ये भी इर्शाद हुआ था कि तू भी ज़रूर जाइयो। मियाँ! मैं इंशाअल्लाह ताला ज़रूर आऊँगा। मगर ये तो "तरह" क्या रखी है?' मैंने वाक़िया अर्ज़ किया और कहा कि हज़रत ज़िल्ले-सुब्हानी ने "तरह" का झगड़ा ही निकाल दिया है। जो शख़्स जिस बह्र और जिस रदीफ़-क़ाफ़िए में चाहे आकर ग़ज़ल पढ़े। उस्ताद तो "बहुत ख़ूब! बहुत ख़ूब!!!" कहते रहे मगर हाफ़िज़ वीरान की त्योरी के बल नहीं गए। बराबर बड़बड़ाते ही रहे कि

अल्लाह ख़ैर करे, देखिए इस मुशायरे का क्या हश्र होता है। हज़रत पीर-ओ-मुर्शिद भी बैठे-बैठे उश्क़ुले[5] छोड़ा करते हैं। वो अपनी कहे गए। मैं तो उठ, सलाम कर चला आया।

दूसरा हमला असदुल्लाह ख़ाँ ग़ालिब पर था। चाँदनी चौक से होता हुआ बल्लीमाराँ में आया। हकीम महमूद ख़ाँ साहब के मकान के सामने क़ासिम जान की गली कटी है। बाएँ तरफ़ पहला मकान उनका था। ये मकान मस्जिद के पीछे है। इसके दो दरवाज़े हैं : एक मर्दाना, दूसरा ज़नाना। महल-सरा का एक रास्ता मर्दाने मकान में से भी है। बाहर के दरवाज़े की दहलीज़ ज़रा धँसी हुई-सी है। दरवाज़े के ऊपर एक कमरा है और कमरे के दोनों पहलूओं में दो कोठरियाँ, गर्मी में मिर्ज़ा साहब दोपहर के वक़्त इसी एक कोठरी में रहा करते हैं। दरवाज़े से गुज़र कर मुख़्तसर-सा सेहन है और सामने ही दालान-दर-दालान। जब मैं पहुँचा तो अंदर के दालान में गाव-तकिए से लगे बैठे कुछ लिख रहे थे।

मिर्ज़ा नौशा की उम्र कोई पच्चास साल की होगी। हसीन और ख़ुश-रू आदमी हैं। क़द ऊँचा और हाड़ बहुत चौड़ा चकला, मोटा नक़्शा और सुर्ख़ सफ़ेद रंग है लेकिन उसमें कुछ-कुछ ज़र्दी झलकती है। ऐसे रंग को मुहावरे में चम्पई कहा जाता है। आगे के दो दाँत टूट गए हैं। दाढ़ी भरी हुई है, मगर घनी नहीं है। सर मुँडा हुआ। उसपर लंबी सियाह पोस्तीन की टोपी है जो कुलाह-ए-पापाख़ [दुंबे की खाल से बनी टोपी] से मिलती-जुलती है। एक बर्का सफ़ेद पाएजामा, सफ़ेद मलमल का अँगरखा, उसपर हल्के ज़र्द ज़मीन की जामावार का चुग़ा[6]। मेरी आहट पाकर लिखते-लिखते आँख ऊँची की। मैंने आदाब किया। सलाम का जवाब

5 मालूम नहीं कि ये किस ज़बान का लफ़्ज़ है मगर देहली में आम तौर पर "शगूफ़े" के मानी में इस्तेमाल करते हैं।

6 क़िला-ए-देहली के अजाइबख़ाने में मिर्ज़ा ग़ालिब की एक तस्वीर है, उससे ये लिबास लिया गया है।

दिया और आँखों से बैठने का इशारा किया। मैं एक तरफ़ गया। अभी बैठा ही था कि नवाब ज़ियाउद्दीन अहमद ख़ाँ आ गए। ये अमीनुद्दीन ख़ाँ साहब नवाब-ए-लोहारो के भाई हैं। रेख़्ते में "रख़्शाँ" और फ़ारसी में "नय्यर" तख़ल्लुस करते हैं। कोई चालीस साल की उम्र है। इंशापर्दाज़ी, जुग़राफ़िया, तारीख़, इल्मुल-निसाब, अस्मा उर्रिजाल, तहक़ीक़-ए-लुग़ात और वाक़फ़ियत-ए-आमा में अपना जवाब नहीं रखते। मिर्ज़ा नौशा के ख़लीफ़ा हैं। छोटा क़द, बहुत गोरा रंग, नाज़ुक-नाज़ुक नक़्शा, ग़लाफ़ी आँखें, चुगी दाढ़ी, छरेरा बदन, ग़रज़ निहायत ख़ूबसूरत आदमी हैं। एक बर्का सफ़ेद पाएजामा और सफ़ेद ही अँगरखा पहने थे। क़ालिब चढ़ी हुई चौगोशिया टोपी सिर पर थी। एक बड़ा रूमाल समोसा बनाकर शानों पर डाले हुए थे। मैंने उठकर सलाम किया, उन्होंने बढ़कर मुसाफ़ा किया और ख़ामोश एक तरफ़ दो-ज़ानू निहायत अदब से बैठ गए। थोड़ी देर में मिर्ज़ा ग़ालिब भी लिखने से फ़ारिग़ हुए। पहले नवाब साहब की तरफ़ मुड़े और कहने लगे, 'मियाँ नय्यर तुम किस वक़्त आ बैठे। भई इस मिर्ज़ा तफ़्ता ने मेरा नाक में दम कर दिया है। ज़ालिम की तबीअत की रवानी किसी तरह कम नहीं होती। हर ख़त में आठ-दस ग़ज़लें इस्लाह के लिए भेज देते हैं। इस्लाह देते-देते थक जाता हूँ।' मेरी तरफ़ देखकर कहा, 'आप शायद मौलवी करीमुद्दीन साहब हैं?' मैंने कहा, 'जी हाँ।' फ़रमाने लगे, 'हज़रत! आपके तशरीफ़ लाने का मक़सद मुझे पहले ही से मालूम हो गया था। कल मियाँ आरिफ़ आकर मुझसे आपके मुशायरे में चलने का वादा ले गए हैं। कहो मियाँ नय्यर तुम भी चलोगे?' नवाब साहब ने कहा, 'जहाँ आप वहाँ मैं, आप तशरीफ़ ले जाएँगे तो इंशा अल्लाह में भी ज़रूर हमराह हूँगा।' मिर्ज़ा साहब ने पूछा, 'मगर भई अब तक इलाई नहीं आए, मुझको उनका कल से इंतिज़ार है। ऐ लो, वो आ ही गए। भई बड़ी उम्र है, अभी मैं तुम ही को पूछ रहा था।'

नवाब अलाउद्दीन ख़ाँ इलाई, नवाब-ए-लोहारो के वली अहद हैं। कोई तेईस-चौबीस साल की उम्र है। मुतवस्सित [न ज़्यादा न कम; बीच का] क़द, गंदुमी रंग, मोटा नक़्शा, गोल चेहरा, शरबती आँखें और घनी चढ़ी हुई दाढ़ी है। लिबास में ग़लते का तंग मोहरी का पाएजामा, सफ़ेद जामदानी का अँगरखा। उसपर सीना खुली हुई सियाह मख़मल की नीमा-आस्तीन [ऐसा कुर्ता जिसकी आस्तीनें छोटी होती हैं] और सिर पर सियाह ही मख़मल की चौगोशिया टोपी थी। वो भी आदाब करके एक तरफ़ बैठ गए और कहा, 'वाक़ई आज देर हो गई। मुझे ख़ुद ख़याल था कि आप इंतिज़ार कर रहे होंगे।' मेरी तरफ़ देखकर कहा, 'आपकी तारीफ़?' मिर्ज़ा नौशा ने तमाम क़िस्सा बयान किया और कहा, 'इलाई! तुमको भी चलना होगा, अभी तो तुम शायद लोहारो नहीं जा रहे हो?' उन्होंने कहा, 'बहुत ख़ूब आप तशरीफ़ ले जाएँगे तो में भी हाज़िर हूँ।' जब ये मरहला भी तय हो गया तो मैंने इजाज़त चाही। वहाँ से रुख़्स्त होकर नवाब ज़ैनुल आब्दीन ख़ाँ के मकान में आया। उन्होंने मर्दाने का एक हिस्सा मेरे लिए ख़ाली कर दिया था। जो अस्बाब सुब्ह मैंने भेजा था उसको जमा-जमाया पाया। कपड़े उतारे, अंदर से खाना आया, खाकर थोड़ी देर सो रहा। चार बजे के क़रीब उठकर हकीम मोमिन ख़ाँ के हाँ जाने की तैयारी की।

हकीम साहब का मकान चेलों के कूचे में है। रास्ते में मौलवी इमाम बख़्श साहब सहबाई मिल गए। ये कॉलेज में मेरे उस्ताद रहे हैं। खुला हुआ गंदुम-गूँ [गेहुँआँ] रंग है। कहीं-कहीं चेचक के दाग़ हैं, सर पर पटे हैं, बड़े दुबले-पुतले आदमी हैं। कोई चालीस की उम्र होगी। एक बर्का सफ़ेद पाएजामा, सफ़ेद अँगरखा, कश्मीरी काम का जुब्बा पहनते और सर पर छोटा सफ़ेद साफ़ा बाँधते हैं। ये भी चेलों के कूचे ही में रहते हैं। मुझसे पूछने लगे, 'कहाँ जाते हो?' मैंने कहा, 'हकीम मोमिन

ख़ाँ के पास।' पूछा, 'क्या काम है?' मैंने हाल बयान किया। कहने लगे, 'चलो में भी वहीं जा रहा हूँ।' हकीम आग़ा जान के छत्ते के सामने ख़ाँ साहब का मकान था। बड़ा दरवाज़ा है। अंदर बहुत वसीअ सेहन और उसके चारों तरफ़ इमारत है। दो तरफ़ दो सेंहचियाँ हैं और सामने बड़े-बड़े दालान-दर-दालान। पिछले दालान के ऊपर कमरा है। सामने के दालान की छत को कमरे का सेहन कर दिया है। लेकिन मुँडेर बहुत छोटी[7] रखी है। दालानों में चाँदनी का फ़र्श है। अंदर के दालान में बीचों-बीच क़ालीन बिछा हुआ है, क़ालीन पर गाव-तकिए से लगे हकीम साहब बैठे हैं। सामने हकीम सखानंद अल-मुतख़ल्लिस ब "रक़म" और मिर्ज़ा रहीमुद्दीन "हया" मुअद्दब दो-ज़ानू बैठे हैं। मालूम होता था कि कोई दरबार हो रहा है कि किसी को आँख उठाकर देखने और बिला-ज़रूरत बोलने का यारा [सामर्थ्य] नहीं।

हकीम मोमिन ख़ाँ की उम्र तक़रीबन चालीस साल की थी। कशीदा-क़ामत [लंबे क़दवाला] थे, सुर्ख़-ओ-सफ़ेद रंग था, जिसमें सब्ज़ी झलकती थी, बड़ी-बड़ी रौशन आँखें, लंबी-लंबी पलकें, खिंची हुई भँवें, लंबी सुतवाँ नाक, पतले-पतले होंट, उनपर पान का लाखा जमा हुआ, मिस्सी-आलूदा दाँत, हल्की-हल्की मूँछें, ख़ुश-ख़ाशी दाढ़ी, भरे-भरे बाज़ू, पतली कमर, चौड़ा सीना और लंबी-लंबी उँगलियाँ, सर पर घुँघराले लंबे-लंबे बाल ज़ुल्फ़ें बनकर पुश्त और शानों पर बिखरे हैं। कुछ लटें पेशानी के दोनों तरफ़ काकुलों की शक्ल रखती हैं। कान के क़रीब थोड़े से बालों को मोड़ ज़ुल्फ़ें बना लिया था। बदन पर शरबती

7 मैंने ख़ुद ये मकान बीस-बाइस बरस हुए देखा था। टूटकर खँडहर हो गया था। तीन तरफ़ की इमारत ढह गई थी। सामने का हिस्सा क़ायम था। मालूम नहीं कि ऊपर की मुँडेर क्यों इतनी नीची रखी गई थी। उसी मुँडेर से ठोकर खा हकीम मोमिन ख़ाँ नीचे गिरे, हाथ और बाज़ू टूट गया और इसी की वजह से उनका इंतिक़ाल हुआ। ख़ुद ही मरने की तारीख़ कही थी : "दस्त-ओ-बाज़ू ब-शिकस्त'।

मलमल का नीची चोली का अँगरखा था लेकिन उसके नीचे कुर्ता न था और जिस्म का कुछ हिस्सा अँगरखे के पर्दे में से दिखाई देता था। गले में सियाह रंग का फ़ीता, उसमें छोटा-सा सुनहरी तावीज़, काकरेज़ी रंग के दुपट्टे को बल देकर कमर में लपेट लिया था। और उसके दोनों सिरे सामने पड़े हुए थे। हाथ में पतला-सा ख़ार-पुश्त, पाँव में सुर्ख़ गुल-बदन का पाएजामा। मोहरियों पर से तंग, ऊपर जाकर किसी क़दर ढीला। कभी-कभी एक बर्का पाएजामा भी पहनते थे, मगर किसी क़िस्म का भी हो, हमेशा रेशमी और क़ीमती होता था। चौड़ा, सुर्ख़ नेफ़ा, अँगरखे की आस्तीनें आगे से कटी हुईं, कभी लटकती रहती थीं और कभी उलटकर चढ़ा लेते थे। सर पर गुलशन की दो पलड़ी टोपी, उसके किनारे पर बारीक लेस, टोपी इतनी बड़ी थी कि सर पर अच्छी तरह मँढ़कर आ गई थी। अंदर से माँग और माथे का कुछ हिस्सा और बाल साफ़ झलकते थे। ग़रज़ ये कि निहायत ख़ुश-पोशाक और जामा-ज़ेब आदमी थे। जब मैं और मौलवी सहबाई, दोनों पहुँचे तो हकीम साहब, 'साहिब-ए-आलम मिर्ज़ा रहीमुद्दीन "हया" से कह रहे थे, 'साहिब-ए-आलम! तुम्हारे शतरंज के नक़्शों ने मेरा नाक में दम कर दिया है। एक हों, दो हों, आख़िर ये रोज़-रोज़ की फ़रमाइशें कोई कहाँ तक पूरी करे।' साहिब-ए-आलम ने कहा, 'उस्ताद क्या करूँ। रेज़िडेंट बहादुर के पास विलायत से शतरंज के नक़्शे हल करने को आया करते हैं। कुछ तो मैं ख़ुद हल करके उनके पास भेज देता हूँ, जो समझ में नहीं आते वो आपके पास ले आता हूँ।' हकीम साहब ने नज़र उठाकर हमारी तरफ़ देखा। हमारा सलाम लेकर कहा, 'बैठिए-बैठिए!' हम बैठ गए और वो फिर साहिब-ए-आलम की तरफ़ मुतवज्जह होकर कहने लगे, 'मियाँ हया! जो नक़्शा तुम लाए हो वो तो मेरे ख़याल में कुछ पेचीदा नहीं है। तुम कहते हो कि सुर्ख़ मोहरों को मात होगी, मैं कहता हूँ नहीं, सब्ज़ को होगी। तुम बिसात

बिछाओ, मैं अभी समझाए देता हूँ। अच्छा ज़रा मौलवी सहबाई से बात कर लूँ, और मियाँ सखानंद तुम बैठे इंतिज़ार करते रहो, मैं हुक्म लगा चुका हूँ कि जब तक पूरब की तरफ़ से इस छिपकली का जोड़ा न आ जाए, ये सामने की दीवार से न जाएगी। इसका जोड़ा आए पर आए।' सखानंद हकीम थे; "रक़म" तख़ल्लुस करते थे। धरमपूरे में रहते थे। कोई चालीस साल की उम्र थी। रेख़्ते में शाह नसीर के और रमल में ख़ाँ साहब के शागिर्द थे। बड़े ख़ुश-पोशाक, ख़ुश-वज़ा, ख़ुश-अख़्लाक़, ज़रीफ-तबा, हलीम, ख़ूबसूरत और शकील आदमी थे। उस्ताद का ऐसा अदब करते थे, जैसे कोई बेटा बाप का करता है। हकीम साहब की बातें सुनकर "बहुत ख़ूब"-"बहुत मुनासिब" कहते रहे। उनसे गुफ़्तुगू करके हकीम साहब हमारी तरफ़ मुतवज्जह हुए और कहने लगे, 'अरे भई सहबाई! तुम तो कई दिन से नहीं आए, कहो ख़ैरियत तो है और आपके साथ ये साहब कौन हैं?' मौलवी सहबाई ने कहा, 'ये पहले कॉलेज में मेरे शागिर्द थे, अब मत्बा खोल लिया है, वहाँ मुशायरा करना चाहते हैं, आपको तकलीफ़ देने आए हैं।'

हकीम साहब ने कहा, 'बस साहब मुझे माफ़ ही कीजिए। अब देहली के मुशायरे शरीफ़ों के जाने के क़ाबिल नहीं रहे। एक साहब[8] हैं, वो अपनी उम्मत को लेकर चढ़ आते हैं। शेर समझने की तो किसी को तमीज़ नहीं, मुफ़्त में वाह वाह!!! सुब्हान अल्लाह!!! का ग़ुल मचा कर तबीअत को मुनग़्ग़ज़ [अप्रसन्न/खिन्न] कर देते हैं। ये नहीं समझते :

*साइब! दो चीज़ मी शिकंद क़द्र-ए-शेर रा*
*तहसीन-ए-ना-शिनास-ओ-सुकूत-ए-सुख़न-शनास*

---

8 ये उस्ताद ज़ौक़ और शहज़ादों की तरफ़ इशारा था।

दूसरे साहब हैं वो हुदहुद को साथ लिए फिरते हैं और ख़्वाह-मख़्वाह उस्तादों पर हमले कराते हैं। ख़ुद तो मैदान में नहीं आते, अपने ना-अहल पट्ठों को मुक़ाबले में लाते हैं। उस रोज़ जो उस जानवर ने ये शेर :

*मर्कज़-ए-महवर-ए-गर्दूं ब-लब-ए-आब नहीं*
*नाख़ुन-ए-क़ौस-ए-क़ुज़ह शिबा-ए-मिज़्राब नहीं*

कहा, ये ग़ालिब के रंग में लिखा है, तो मैं बयान नहीं कर सकता कि मुझको किस क़दर ना-गवार गुज़रा। ग़ालिब के रंग में शेर कहना तो कुजा, वो या उनके उस्ताद पहले मिर्ज़ा नौशा के शेरों को समझ तो लें। अब रहे मीर साहब, 'तो उनकी बात दूसरी है। वो भी वाहियात बकते हैं मगर किसी पर हमला नहीं करते बल्कि उनकी वजह से मुशायरे में कुछ चहल-पहल हो जाती है। भई मैंने तो इसी वजह से मुशायरों में जाना ही तर्क कर दिया है।' मैंने अर्ज़ की कि इस मुशायरे में उस्ताद ज़ौक़ और मिर्ज़ा नौशा ने आने का वादा कर लिया है। हज़रत ज़िल्ले-सुब्हानी की ग़ज़ल भी आएगी। फ़रमाया, 'हर शख़्स मुख़्तार है, ख़ुद आए, चाहे ग़ज़ल भेजे, मैं तो न आऊँगा, न ग़ज़ल भेजूँगा।' ये बातें हो रही थीं कि एक बनारस का सौदागर कपड़ों के दो गट्ठे लेकर आया, शहर में जब कोई कपड़ों का सौदागर आता तो हकीम साहब के पास उसका आना लाज़िमी था। रेशमी कपड़ों से इनको इश्क़ था। कोई कपड़ा पसंद आता तो फिर क़ीमत की परवा नहीं करते थे। जो माँगता, देते। इस सौदागर ने आकर एक गठरी मज़दूर के सर पर से उतारी। उसमें से पट से एक छिपकली नीचे गिरी और दौड़कर सामने की दीवार पर चढ़ गई। जो छिपकली पहले से दीवार पर जमी बैठी थी, वो लपक कर उससे आ मिली और दोनों मिलकर एक तरफ़ चले गए[9]। हम

9 ये वाक़िया है। इसके देखने वाले एक साहब का अभी कोई बीस बरस हुए इंतिक़ाल हुआ है। मैंने ये वाक़िया ख़ुद उनकी ज़बानी सुना है।

लोग बैठे ये तमाशा देखते रहे। जब दोनों छिपकलियाँ चली गईं तो हकीम साहब ने सखानंद साहब से कहा, 'कहो मियाँ रक़म! तुमने देखा।' उन्होंने कहा, 'जी हाँ! एक ख़ाने का हिसाब लगाने में मुझसे ग़लती हुई। मैंने जो अपनी राय पर इसरार किया था उसकी माफ़ी चाहता हूँ।' कहने लगे, 'इसका ख़याल न करो इंसान ही से ग़लती होती है। हाँ तो मियाँ सहबाई मुशायरे के मुताल्लिक़ हमारा तो साफ़ जवाब है।' मैंने जब देखा कि ख़ाँ साहब हाथों से निकले ही जा रहे हैं तो मुझे नवाब ज़ैनुल आब्दीन ख़ाँ साहब का आख़िरी नुस्ख़ा याद आया। मैंने कहा, 'मुझे तो इस मुशायरे से बराए-नाम ताल्लुक़ है। सब किया-धरा नवाब ज़ैनुल आब्दीन ख़ाँ आरिफ़ का है। वो बहुत बीमार हो गए हैं और उनको अब ज़िंदगी की उम्मीद नहीं रही। उनकी आख़िरी ख़्वाहिश है कि मरते-मरते एक ऐसा मुशायरा देख लें जिसमें देहली के तमाम कामिलीन-ए-फ़न जमा हों। वो ख़ुद हाज़िर होते, मगर हकीम अहसनुल्लाह ख़ाँ साहब ने उनको कहीं आने-जाने से मना कर दिया है।' ये आख़िरी फ़िक़रा मैंने अपनी तरफ़ से बढ़ा दिया। ख़ाँ साहब बड़े ग़ौर से मेरी बात सुनते रहे। मैं ख़ामोश हुआ तो मौलवी इमाम बख़्श साहब की तरफ़ मुतवज्जा होकर कहने लगे, 'अफ़सोस है! क्या ख़ुश-फ़िक्र और ज़हीन शख़्स है, ये उम्र और मायूसी; सच है—हमेशा रहे नाम अल्लाह का!' मेरी तरफ़ देखकर कहा, 'अच्छा भई तुम जाओ, मेरी तरफ़ से आरिफ़ से कह देना कि मियाँ मैं ज़रूर आऊँगा।' जब मैंने देखा कि ये जादू चल गया तो और पाँव फैलाए और कहा, 'नवाब साहब ने ये भी फ़रमाया था कि मौलवी सहबाई साहब, मुफ़्ती सदरुद्दीन साहब और नवाब मुस्तफ़ा ख़ाँ साहब शेफ़्ता को भी अपने हमराह लाइएगा तो इनायत होगी।' हकीम साहब कहने लगे, 'मियाँ सहबाई से तो मैं अभी कहे देता हूँ। अब रहे आज़ुर्दा और शेफ़्ता तो वापस जाते-जाते रास्ते में उनसे भी कहते जाओ।

कह देना कि मैंने तुमको भेजा है। हाँ तारीख़ क्या मुक़र्रर की है? मुशायरा कहाँ होगा और "तरह" क्या है?' मैंने तारीख़ बताकर मकान का पता दिया। "तरह" के मुताल्लिक़ हज़रत जहाँपनाह के हुज़ूर में जो गुफ़्तुगू हुई थी वो बयान की। कहने लगे, 'हमारे बादशाह सलामत भी अजीब चीज़ हैं। जो सूझती है नई सूझती है। शायद ऐसा मुशायरा कहीं भी न हुआ होगा, जिसमें "तरह" न दी गई हो। ख़ैर, ये तो अच्छा हुआ कि झगड़े का झोंपड़ा ही नहीं रहा। मगर भई बात ये है कि जब तक मुक़ाबले की सूरत न हो, न शेर कहने में जी लगता है, न पढ़ने में लुत्फ़ आता है।' ये कहकर वो कपड़े देखने में मशग़ूल हो गए और मैं सलाम करके रुख़्स्त हुआ।

चितली क़ब्र के क़रीब हवेली अज़ीज़ाबादी के सामने मुफ़्ती सदरुद्दीन साहब का मकान था, उसके नज़दीक मटिया महल में नवाब मुस्तफ़ा ख़ाँ साहब शेफ़्ता रहते हैं। मुफ़्ती साहब के हाँ जाकर मालूम हुआ कि शेफ़्ता भी मुफ़्ती साहब ही के पास बैठे हुए हैं। मैंने कहा कि चलो इससे बेहतर मौक़ा मिलना मुश्किल है। दोनों से एक ही जगह मिलना हो गया। ये सोचकर अंदर गया। मकान कोठी के नमूने का है। अँग्रेज़ी और हिन्दुस्तानी दोनों वज़ा को मिलाकर बनाया गया है। सेहन बहुत बड़ा नहीं है। इसमें मुख़्तसर-सी नहर है। सामने दालान-दर-दालान और पहलू में अँग्रेज़ी वज़ा के कमरे हैं। बाहर के दालान में किवाड़ लगाकर उसको भी कमरे की शक्ल का कर दिया है। दालानों से मिला हुआ ऊँचा चबूतरा है। चबूतरे के ऊपर तख़्त बिछे हुए थे। उनपर चाँदनी का फ़र्श और दो तरफ़ गाव-तकिए लगे हुए थे। तख़्तों पर मुफ़्ती साहब और नवाब साहब बैठे बातें कर रहे थे। मुफ़्ती साहब की उम्र कोई छप्पन-सत्तावन साल की थी। गुदाज़ जिस्म, साँवला रंग, छोटी-छोटी आँखें, ज़रा अंदर को धँसी हुईं, भरी हुई दाढ़ी, बहुत सीधी-सादी वज़ा के आदमी हैं, ज़ाहिरी नुमाइश से कोई सरोकार

नहीं। बदन में सफ़ेद एक बर्का पाएजामा, सफ़ेद कुर्ता और सफ़ेद ही था इमामा[10] था। जामा-ज़ेबी मैं हकीम मोमिन ख़ाँ के बाद देहली में नवाब मुस्तफ़ा ख़ाँ शेफ़्ता ही का नंबर था। उनका रंग गहरा साँवला था, लेकिन नाक-नक़्शा ग़ज़ब का पाया था। उसपर नीची सियाह गोल दाढ़ी बहुत ही भली मालूम होती थी। जिस्म किसी क़दर भारी और क़द मुतवस्सित था। लिबास में भी ज़्यादा तकल्लुफ़ नहीं था। तंग मोहरी का सफ़ेद पाएजामा, सफ़ेद कुर्ता, नीची चोली का सफ़ेद अँगरखा और क़ुब्बा-नुमा चौगोशिया टोपी पहने हुए थे। तक़रीबन 39-40 साल की उम्र है।

मैं आदाब करके तख़्त के एक कोने पर दो-ज़ानू बैठ गया। मुफ़्ती साहब ने आने का सबब पूछा। मैंने हकीम मोमिन ख़ाँ का पैग़ाम पहुँचा दिया। मुफ़्ती साहब ने बड़े ताज्जुब से पूछा, 'हैं? ख़ाँ साहब ने तो मुशायरे में न जाने का अहद कर लिया है। भई शेफ़्ता! ये क्या मुआमला है? या ख़ुद नहीं जाते थे या दूसरों को भी साथ घसीट रहे हैं।' मैंने नवाब ज़ैनुल आब्दीन ख़ाँ आरिफ़ का वाक़िया बयान किया। कहने लगे, 'हाँ यूँ कहो, ये बात है, वरना मुझे ये सुनकर हैरत हुई थी कि हकीम साहब और मुशायरे में जाएँ। अच्छा भई, आरिफ़ से कह देना कि मैं और शेफ़्ता दोनों आएँगे।' यहाँ से छुट्टी हुई तो मैं ये समझा कि गोया गंगा नहा लिया। ख़ुशी-ख़ुशी

10 पुराने ज़माने में शुरफ़ा घर पर भी पूरा लिबास पहने रहते थे। ज़नाने में जाने के ख़ास-ख़ास वक़्त थे, वरना सारा वक़्त मर्दाने ही में गुज़रता था। हर वक़्त कोई-न-कोई मिलने-जुलने वाला पास बैठा रहता। आलम हुए तो दरस का हल्क़ा होता। शायर हुए तो शेर का चर्चा रहता। ग़रज़ कोई वक़्त बेकार न गुज़रता ख़ास-ख़ास दोस्तों से मज़ाक़ की गुफ़्तुगू होती, वरना आम तौर पर अपने को बहुत लिए-दिए रहते। जहाँ जाओ यही मालूम होता कि दरबार लगा हुआ है। हर शख़्स दो-ज़ानू मुअद्दब बैठा है। बे-ज़रूरत न बात की जाती है न जवाब दिया जाता है। कोई हँसी की बात हुई तो ज़रा मुस्कुरा दिए खिलखिलाकर हँसना मायूब और बड़बड़ाकर बोलना या ऊँची आवाज़ में बात करना ख़िलाफ़-ए-अदब समझा जाता था।

आकर नवाब ज़ैनुल आब्दीन ख़ाँ साहब से वाक़िया बयान किया, वो भी मुत्मइन हो गए। मैंने हकीम मोमिन ख़ाँ का हाल बयान किया तो उनके आँसू निकल आए। कहने लगे, 'मियाँ करीमुद्दीन! तुमको ये भी मालूम है कि मेरी हकीम साहब से सफ़ाई नहीं है।' मैंने कहा, 'नवाब साहब! आप क्या फ़रमाते हैं, उनपर तो आपकी बीमारी के सुनने का ऐसा असर हुआ कि बयान नहीं कर सकता, शायद उनका सगा भाई भी बीमार होता तो इतना ही असर होता। मुफ़्ती साहब से मालूम हुआ कि उन्होंने मुशायरे में न जाने का अहद कर लिया था। सिर्फ़ आपकी वजह से उन्होंने ये अहद तोड़ा है।' नवाब साहब ने कहा, 'मियाँ! तुमको उन लोगों की मोहब्बतों का क्या हाल मालूम! ये लोग वो हैं कि अपने दुश्मन को भी मुसीबत में नहीं देख सकते। ख़ैर, इसको जाने दो, अब ये बताओ तुम्हारा मकान ख़ाली हो गया या नहीं?' मैंने कहा, 'जी हाँ! बिल्कुल ख़ाली है। हुक्म हो तो मैं भी ख़िदमत में हाज़िर रहकर मदद करूँ।' फ़रमाया, 'नहीं भई नहीं! जहाँ दो आदमियों ने मिलकर किसी काम में हाथ डाला और वो ख़राब हुआ। तुम इस इंतिज़ाम को बस मुझपर छोड़ दो। बल्कि तुम तो उधर आना भी नहीं। तुमने आकर अगर मीन-मेख़ निकाली तो मुझपर दुहरी-तिहरी मेहनत पड़ जाएगी।'

# तरतीब

*ब-शेर-ओ-सुख़न मज्लिस आरास्तंद*
*नशिस्तंद-ओ-गुफ़्तंद-ओ-बर्ख़ास्तंद*

मैं *तारीख़-ए-अबुलफ़िदा* के तर्जुमे में ऐसा गुथ गया कि सात-आठ रोज़ तक घर से बाहर ही न निकला, नवाब ज़ैनुल आब्दीन ख़ाँ के शौक़ की ये हालत थी कि बावजूद कमज़ोरी-ओ-नक़ाहत के रोज़ सुब्ह ही से जो बाहर निकलते तो कहीं रात के आठ-नौ बजे जाकर घर में उनकी सूरत दिखाई देती, इसलिए इनसे मिलना नहीं हुआ कि कुछ हाल पूछता। बहरहाल ये आठ दिन आँख बंद करते गुज़र गए और मुशायरे की तारीख़ आ ही गई। 14 रजब को शाम के साढ़े सात बजे के क़रीब मैं भी मुशायरे में जाने को तैयार हुआ। नवाब साहब को दरयाफ़्त किया तो मालूम हुआ कि वो सुब्ह से जो गए हैं तो अब तक वापस नहीं आए। घर से जो निकला तो बाज़ार में बड़ी चहल-पहल देखी। हर शख़्स की ज़बान पर मुशायरे का ज़िक्र था; कोई कहता था कि ये मियाँ करीमुद्दीन कौन हैं? कोई कहता कि इससे क्या, कोई हों मगर इंतिज़ाम ऐसा किया है कि देखकर जी ख़ुश होता है। मैं ये बातें सुनता और दिल में ख़ुश होता हुआ क़ाज़ी के हौज़ पर आया। क्या देखता हूँ कि सड़क के दोनों जानिब टट्टियाँ

लगाकर और उनमें रौशनी के गिलास जमा कर रात को दिन कर दिया है। सड़क पर ख़ूब छिड़काव है, कटोरा बज रहा है। मुबारकुन्निसा बेगम की हवेली के बड़े फाटक को गिलासों, क़ुमक़ुमों और क़ंदीलों से सजाकर गुलज़ार-ए-आतिशीं कर दिया है। सद्र दरवाज़े से अंदर की दहलीज़ तक रौशनी का ये आलम है कि आँखों में चकाचौंध आती है। मकान के अंदर जो क़दम रखा तो होश जाते रहे। या अल्लाह! ये मेरा ही मकान है या किसी शाही महल में आ गया हूँ। घड़ी-घड़ी आँखें फाड़-फाड़कर चारों तरफ़ देखता और कहता, 'वाह मियाँ आरिफ़ वाह! तुमने तो कमाल कर दिया। कहाँ बेचारे करीमुद्दीन का मकान और कहाँ ये बादशाही ठाठ! वाक़ई तुम्हारा कहना सही था कि अगर दो हज़ार में भी काम निकल जाए तो ये समझो कि कुछ नहीं उठा।'

चूने में अबरक मिलाकर मकान में क़लई की गई थी जिसकी वजह से दर-ओ-दीवार पड़े जगमग-जगमग कर रहे थे। सेहन को भरवाकर तख़्तों के चौके इस तरह बिछाए थे कि चबूतरा और सेहन बराबर हो गए थे। तख़्तों पर दरी, चाँदनी का फ़र्श, उसपर क़ालीनों का हाशिया, पीछे गाव-तकियों की क़तार, झाड़ुओं, फ़ानूसों, हाँडियों, दीवार-गीरियों, क़ुमक़ुमों, चीनी क़ंदीलों और गिलासों की वो बहुतात थी कि तमाम मकान बुक़्का-ए-नूर [बहुत रौशनी वाला घर या स्थान] बन गया था। जो चीज़ थी, ख़ूबसूरत और जो शय थी, क़रीने से। सामने सफ़ के बीचों-बीच छोटा-सा सब्ज़ मख़मल का कारचोबी शामियाना, गंगा-जमुनी चौबों पर सब्ज़ ही रेशमी तनाबों से इस्तादा था। उसके नीचे सब्ज़ मख़मल की कारचोबी मस्नद, पीछे सब्ज़[11] कारचोबी गाव-तकिया, चारों चौबों पर छोटे-छोटे आठ चाँदी के फ़ानूस कसे हुए। फ़ानूसों के कंवल भी सब्ज़, चौबों के सुनहरी कलसों से लगाकर नीचे तक मोटे-

11 सब्ज़ रंग देहली का शाही रंग था।

मोटे मोतिया के गजरे सहरे की तरह लटके हुए, बीच की लड़ियों को समेट कर कलाबतूनी डोरियों से, जिनके सिरों पर मुक़य्यश के गुच्छे थे, इस तरह चौबों पर कस दिया गया था कि शामियाने के चारों तरफ़ फूलों के दरवाज़े बन गए थे। दीवारों में जहाँ खूँटियाँ थीं, वहाँ खूँटियों पर और जहाँ खूँटियाँ नहीं थीं वहाँ कीलें गाड़कर फूलों के हार लटका दिए थे। इस सिरे से उस सिरे तक सफ़ेद छतगीरी, जिसके हाशिए सब्ज़ थे, खिंची हुई थी। छतगीरी के बीचों-बीच मोतिया के हार लटकाकर लड़ियों को चारों तरफ़ इस तरह खींच दिया गया था कि फूलों की छतरी बन गई थी। एक सहँची में पानी का इंतिज़ाम था। कोरे-कोरे घड़े रखे थे और शूरे में जस्त की सुराहियाँ लगी हुई थीं। दूसरी सहँची में पान बन रहे थे। बावर्चीख़ाने में हुक़्क़ों का तमाम सामान सलीक़े से जमा हुआ था। जा-ब-जा नौकर साफ़-सुथरा लिबास पहने दस्त-बस्ता मुअद्दब खड़े थे। तमाम मकान मुश्क, अंबर और अगर की ख़ुशबू से पड़ा महक रहा था। क़ालीनों के सामने थोड़े-थोड़े फ़ासले पर हुक़्क़ों की क़तार थी। हुक़्क़े ऐसे साफ़-सुथरे थे कि मालूम होता था अभी दुकान पर से उठ आए हैं। हुक़्क़ों के बीच में जो कुछ जगह छूट गई थी, वहाँ छोटी-छोटी तिपाइयाँ रखकर उनपर ख़ासदान रख दिए थे। ख़ास दानों में लाल क़ंद की साफ़ियों में लिपटे हुए पान। गिलौरियों को साफ़ी में इस तरह जमाया था कि बीच में एक तह फूलों की आ गई थी। ख़ासदानों के बराबर छोटी-छोटी कश्तियाँ, उनमें इलाइचियाँ, चिकनी डलियाँ और बुन-धुनिया। मस्नद के सामने चाँदी के दो शम्अदान, अंदर काफ़ूरी बत्तियाँ, ऊपर हल्के सब्ज़ रंग के छोटे कंवल, शम्अदानों के नीचे चाँदी के छोटे लगन, लगनों में केवड़ा—ग़रज़ क्या कहूँ, एक अजीब तमाशा था। मैं तो अल्फ़-लैला का अबुलहसन हो गया; जिधर नज़र जाती, उधर ही की हो

रहती[12]। मैं इस तमाशे में महव था कि लोगों की आमद का सिलसिला शुरू हो गया।

सबसे पहले मिर्ज़ा करीमुद्दीन रसा आए। ये सलातीनज़ादे हैं। कोई सत्तर बरस के पेटे में हैं। इस्तेदाद-ए-इल्मी तो कम है, मगर शायरी में अपने बराबर किसी को नहीं समझते। बहुत रहम-दिल, ख़ुश-खुल्क़ [हरेक से ख़ुश होकर मिलनेवाला] और सादा-मिज़ाज हैं, दग़ल-फ़सल [छल-कपट] नाम को नहीं है। मल्लाह कहा करते हैं कि कश्ती में चढ़े सबसे पहले और उतरे सबसे पीछे। उन्होंने इस मक़ूले [कथन/बात] को मुशायरे से मुताल्लिक़ कर दिया है। मुशायरे में सबसे पहले आते हैं और जब तक एक करके सब न चले जाते, ये उठने का नाम न लेते। एक रोज़ का वाक़िया है कि मुशायरा हो रहा था। बड़े ज़ोर से अब्र आया। सबने जल्दी-जल्दी मुशायरा ख़त्म किया, लोग अपने-अपने घर गए लेकिन ये ठहरे अपनी वज़ा के पाबंद, जब तक सब न जा चुके अपनी जगह से न उठे। हाँ, घड़ी-घड़ी झुककर आसमान देख लेते थे। इतने में मूसलाधार मेंह बरसना शुरू हुआ। ऐसा बरसा कि जल-थल भर गए। कहीं दो घंटे के बाद ख़ुदा-ख़ुदा करके ज़रा मेंह थमा तो ये भी उठे, मगर ऐसा अँधेरा घुप था कि हाथ को हाथ नहीं सूझता था। मालिक-ए-मकान ने एक नौकर को क़ंदील देकर साथ कर दिया। गलियों में टख़नों-टख़नों पानी था, इन बेचारे के पाँव में ज़र्दोज़ी का क़ीमती जूता, कीचड़ में पाँव रखें तो कैसे रखें। आख़िर चुपके से नौकर से कहा कि तू अपना जूता मुझे दे दे। उसका जूता क्या था, लीतड़े थे, वही घसीटते हुए चले, अपना जूता बग़ल में दबा लिया। क़िले पहुँचकर एक नया जूता नौकर को दिया और कहा, 'मियाँ तूने आज मेरे साथ ऐसा एहसान किया है कि तमाम उम्र न

---

12 बुज़ुर्गों की ज़बानी दीवान-ए-आम के मुशायरों का जो हाल मैंने सुना है, बिजिंसिही उसी पर इस मुशायरे का नक़्शा क़ायम किया है।

भूलूँगा। जब कभी तुझे कोई ज़रूरत हो तो मेरे पास आ जाया कीजियो।' आगे चलकर इस बदमाश ने उनको बहुत दिक़ किया। अव्वल तो इस राज़ का ढिंढोरा पीट दिया, दूसरे हर तीसरे-चौथे उनसे एक-दो रुपए मार लाता, मगर उन्होंने भी "ना" नहीं की। जब जाता कुछ न कुछ सुलूक ज़रूर करते।

नवाब ज़ैनुल आब्दीन ख़ाँ साहब ने बढ़कर लब-ए-फ़र्श उनको लिया और पूछा, 'हैं साहिब-ए-आलम! मियाँ हया आपके साथ नहीं आए?' मिर्ज़ा रहीमुद्दीन हया इनके बड़े बेटे हैं, लेकिन थोड़े दिनों से बाप-बेटे में कुछ सफ़ाई नहीं रही है। नवाब साहब का इतना कहना था कि साहिब-ए-आलम नासूर की तरह फूट बहे। कहने लगे, 'नवाब! वो भला मेरे साथ क्यों आते, जब से बनारस होकर आए हैं उनका तो रंग ही बदल गया। मैं बेचारा तो किस गिनती में हूँ, वो किसी को भी अब ख़ातिर में नहीं लाते। पाला-पोसा, बड़ा किया, पढ़ाया-लिखाया, शायर बनाया, बटेरें लड़ाना सिखाया और तख़्त[13] की क़सम, वो-वो नुस्खे बटेरों के बताए हैं कि क़िला तो क़िला हिंदोस्तान भर में किसी के फ़रिश्ते ख़ाँ को भी मालूम न होंगे। और अब वही साहबज़ादे साहब हैं कि उस्ताद मानना तो दरकिनार, मुझको बाप भी कहते शरमाते हैं। हाँ भई क्यों न हो तेरहवीं सदी है। उनको बनारस भेजकर मैं तो मुसीबत में आ गया। एक नुक़्सान-ए-माया, दूसरे शमातत-ए-हमसाया। बेटा हाथ से गया तो गया दिन-रात की दाँता-किलकिल और मोल ले ली।' ये बातें करते-करते नवाब साहब ने मियाँ रसा को ले जाकर एक जगह बिठा दिया।

---

13 आए दिन की ख़ाना-जंगियों ने हर शहज़ादे के दिल में ये ख़याल पैदा कर दिया था कि शायद कल मैं ही बादशाह हो जाऊँ, इसलिए क़िले के सब लोग ख़्वाह शहज़ादे हों या सलातीनज़ादे , हमेशा तख़्त की, ताज की और इसी तरह क़समें खाया करते थे।

अभी उनसे फ़ारिग़ न हुए थे कि शहज़ादों का एक गिरोह हाफ़िज़ अबदुर्रहमान एहसान को झुरमुट में लिए आ पहुँचा। भला दिल्ली शहर में कौन है जो "हाफ़िज़ जियो" को न जानता हो। जुगत उस्ताद हैं। पहले तो क़िले का क़िला उनका शागिर्द था, मगर उस्ताद ज़ौक़ के क़िले में क़दम रखते ही उनका ज़ोर टूटा। ये भी ज़माने की आँखें देखे हुए थे और शाह नसीर से टक्कर लड़ चुके थे, इस बुढ़ापे में भी ख़म ठोंककर सामने आ गए और मरते दम तक मुक़ाबले से न हटना था न हटे। कोई नव्वे बरस की उम्र थी, कमर दोहरी होने से क़द कमान बन गया था। अपने ज़माने के बलअम-ए-बाऊर [एक वाक्-सिद्ध यहूदी संत जिसके श्राप से हज़रत मूसा चालीस बरस वनों में भटकते रहे "बाऊर" उसका बाप था] थे लेकिन ग़ज़ल इस कड़ाके से पढ़ते थे कि तमाम मुशायरे पर छा जाते थे। उनकी उस्तादी का सिक्का एक ज़माने से तमाम दिल्ली पर बैठा हुआ था। पहले मिर्ज़ा नीली के उस्ताद हुए, रफ़्ता-रफ़्ता शाह आलम बादशाह ग़ाज़ी नूरुल्लाह मर्तदा तक रसाई हो गई, वो इनको "हाफ़िज़ जियो" कहते थे इसलिए इसी नाम से तमाम क़िले में मशहूर थे। मिसरे पर मिसरा लगाने में कमाल था और सनद ऐसी तड़ाख़ से देते थे कि मोतरिज़ मुँह देखते रह जाते थे। एक रोज़ बादशाह सलामत ने मिसरा कहा :

*सुब्ह भी बोसा तो देता मुझे ऐ माह नहीं*

इन्होंने फ़ौरन अर्ज़ की :

*ना-मुनासिब है मियाँ, वक़्त-ए-सहरगाह नहीं*

किसी ने वक़्त-ए-सहरगाह की तरकीब पर एतिराज़ किया, उन्होंने झट साइब का ये शेर पढ़ा :

*आदमी पीर चू शुद, हिर्स जवाँ मी गर्दद*
*ख़्वाब-दर-वक़्त-ए-सहरगाह-ए-गिराँ मी गर्दद*

और मोतरिज़ साहब अपना-सा मुँह लेकर रह गए।

बड़े दुबले-पुतले आदमी थे, रंग बहुत काला था। शाह नसीर ने इसी रंग का ख़ाका इस तरह उड़ाया है :

*ऐ ख़ाल-ए-रुख़-ए-यार तुझे ठीक बनाता*
*पर छोड़ दिया हाफ़िज़-ए-क़ुरआन समझकर*

नवाब साहब ने उन सबको भी हाथों-हाथ लिया और अपनी-अपनी जगह लाकर बिठाया। अभी उनको बिठाने से फ़ारिग़ न हुए थे कि मुंशी मुहम्मद अली तिश्ना चुम नंगे, नशे में चूर, झूमते-झामते अंदर आए। नौजवान आदमी हैं मगर अजीब हाल है, कभी बरहना पड़े फिरते हैं, कभी कपड़े पहन ख़ासे भले आदमी बन जाते हैं। किसी के शागिर्द नहीं और फिर सब के शागिर्द हैं। कभी हकीम आग़ा जान ऐश से इस्लाह लेने लगते हैं, कभी उस्ताद ज़ौक़ के पास इस्लाह के लिए ग़ज़ल ले आते हैं। ज़ेहन बला का पाया है। लाखों शेर ज़बान की नोक पर हैं। शेर सुना और याद हुआ। अक्सर ऐसा भी हुआ कि किसी की ग़ज़ल सुनी और याद कर ली और मुशायरे मैं ख़ुद अपने नाम से वो ग़ज़ल पढ़ डाली और वो बेचारा मुँह देखता रह गया। नवाब साहब आगे बढ़े, पूछा, 'मुंशी जी! ये क्या रंग है?' कहने लगे, 'असली रंग। मुशायरा कब शुरू होता है।' नवाब साहब ने कहा, 'अभी शुरू होता है, आप बैठिए तो सही।' ख़ैर एक कोने में जाकर बैठ गए। मियाँ आरिफ़ ने उनपर एक दोशाला लाकर डाल दिया। उन्होंने उठाकर फेंक दिया। ग़रज़ जिस तरह नंगे आए थे, उसी तरह बे-तकल्लुफ़ बैठे रहे।

इसके बाद तो लोगों के आने का ताँता बँध गया। जो आता उसका इस्तक़बाल नवाब साहब करते और ला-लाकर बिठाते। हकीम मोमिन ख़ाँ आए, उनके साथ आज़ुर्दा, शेफ़्ता, सहबाई और मौलवी मम्लुकुल अली थे। मौलवी साहब मदरसा-ए-दिल्ली में मुदर्रिस-ए-अव्वल हैं। अजीब बा-कमाल आदमी हैं। मदरसे में उनकी ज़ात-ए-बा-बरकत से वो फ़ैज़ हुआ है कि शायद ही किसी ज़माने में किसी उस्ताद से हुआ हो। बहुत पाबंद-ए-शरअ हैं, इसलिए ख़ुद शेर नहीं कहते, मगर समझते ऐसा हैं कि उनका किसी शेर की तारीफ़ कर देना गोया उसको दवाम [स्थायित्व] की सनद दे देता है। कोई साठ साल का सिन है। रहने वाले तो नानूते के हैं, मगर मुद्दतों से देहली में आ रहे हैं। दिन-रात पढ़ने-पढ़ाने से काम है। मुशायरों में कम जाते हैं, यहाँ शायद मौलाना सहबाई उनको अपने साथ घसीट लाए। थोड़े ही दिन हुए बेचारे पाबंदी-ए-शरअ और तक़्वे [संयम/परहेज़गारी] की वजह से चक्कर में आ गए थे। हुआ ये कि रेज़िडेंट बहादुर मदरसे के मुआयने को आए। उनके इल्म और रुत्बे के ख़याल से हाथ मिलाया। जब तक साहब बहादुर वहाँ रहे, उन्होंने हाथ को जिस्म से इस तरह अलग रखा जैसे कोई नजिस चीज़ को दूर रखता है। साहब के जाते ही बहुत एहतियात से हाथ कई बार धोया। किसी ने जाकर साहब से ये बात लगा दी। उनको बहुत ग़ुस्सा आया कि हमने तो हाथ मिलाकर उनकी इज़्ज़त-अफ़ज़ाई की, उन्होंने इस तरह हमारी तौहीन की। ग़रज़ बड़ी मुश्किल से ये मुआमला रफ़ा-दफ़ा हुआ[14]।

मौलवी साहब मेरे भी उस्ताद थे। मैं भी आगे बढ़ा, आदाब किया। फ़रमाने लगे, 'मियाँ करीमुद्दीन! मैं तुमको ऐसा नहीं समझता था। तुमने

---

14 इस वाक़िए का ज़िक्र डॉक्टर नज़ीर अहमद मरहूम ने इब्नुल-*वक़्त* में किया है मगर नाम नहीं लिखा है। मुझे ये वाक़िया उन्हीं की ज़बानी मालूम हुआ सुनकर ताज्जुब हुआ था। अब ऐसे बहुत से लोगों को ख़ुद अपनी आँख से देख लिया।

देहली वालों को मात कर दिया। सुब्हान अल्लाह! सुब्हान अल्लाह!! क्या इंतिज़ाम है!!! देखकर दिल ख़ुश हो गया, ख़ुदा तुम्हें इससे ज़्यादा हौसला दे।' मैंने अर्ज़ की, 'मौलवी साहब भला मैं क्या और मेरी बिसात क्या! ये सब किया-धरा नवाब ज़ैनुल आब्दीन ख़ाँ का है।' फ़रमाने लगे, 'भई ये भी अच्छी हुई। वो कहें सारा इंतिज़ाम करीमुद्दीन ख़ाँ का है, तुम कहो कि नवाब साहब का है, चलो :

*मन तुरा हाजी ब-गोयम, तू मिरा हाजी ब-गो'*

अभी ये बातें हो ही रही थीं कि मिर्ज़ा नौशा पालकी में से उतरे। नय्यर, इलाई, सालिक और हज़ीं उनके हमराह थे। मिर्ज़ा ग़ालिब आते ही मोमिन ख़ाँ की तरफ़ बढ़े, मुसाफ़ा किया और कहा, 'भई हकीम साहब! आज मुहम्मद नासिर जान महज़ूँ का अज़ीमाबाद से ख़त आया था, तुमको बहुत-बहुत सलाम लिखा है। मालूम नहीं क्यों एकाएकी पटना चले गए। ख़्वाजा मीर दर्द के पोते होकर उनका दिल्ली छोड़ना हमको तो पसंद नहीं आता, अब यारों को रोते हैं। देखा क्या दर्द भरा शेर लिखा है :

*न तो नामा ही, न पैग़ाम-ए-ज़बानी*
*आह महज़ूँ! मुझे यारान-ए-वतन भूल गए*

अरे भई, रात तो ख़ासी आ गई है, अभी तक मियाँ इब्राहीम नहीं आए; आख़िर ये मुशायरा शुरू कब होगा?' हकीम साहब कुछ जवाब देने ही वाले थे कि दरवाज़े के पास से "अस्सलामु अलैकुम" की आवाज़ आई। मौलाना सहबाई ने कहा, 'लीजिए मिर्ज़ा साहिब!' वो उस्ताद के निशान के हाथी हाफ़िज़ वीरान साहब आ गए और वो आपके दोस्त हुदहुद भी साथ हैं। देखिए आज किसके चोंच मारते हैं।' मियाँ हुदहुद का नाम अबदुर्रहमान है, पूरब के रहने वाले हैं। देहली में आकर हकीम आग़ा

जान ऐश के हाँ ठहर गए हैं, उनके बच्चों को पढ़ाते हैं। हकीम साहब ही के मशवरे से हुदहुद तख़ल्लुस इख़्तियार किया, उन्हीं की तज्वीज़ से चुग्गी दाढ़ी रखी। सर मुँडाकर इमामा बाँधा और इस तरह ख़ासे खटक बढ़ी हो गए। उन्हीं के ज़रिये से दरबार पहुँचे और "ताइरुलअराकीन", "शहपरुलमुल्क", "हुदहुदश्शुअरा", "मिनक़ार-ए-जंग बहादुर" ख़िताब पाया। शुरू-शुरू में तो उनके ज़रीफ़ाना कलाम से मुशायरा चमक जाता था। मगर बाद में उन्होंने उस्तादान-ए-फ़न पर हमले शुरू कर दिए। कहते तो ये हैं कि हकीम साहब के इशारे से ऐसा किया, लेकिन कुछ भी हो, आख़िर सबको उनसे कुछ नफ़रत-सी हो गई और बजाए दूसरों का मज़ाक़ उड़ाने के ख़ुद उनका मज़ाक़ उड़ जाता था। हकीम साहब तो एलानिया तो उनकी मदद कर नहीं सकते थे, ख़ुद उनमें इतनी क़ाबिलियत न थी कि जो दिल्ली वालों की फबतियों को सँभाल सकते; इसलिए थोड़ी ही देर में ठंडे होकर रह जाते। मिर्ज़ा नौशा और हकीम मोमिन ख़ाँ पर हमेशा मुँह आते थे, इसीलिए मिर्ज़ा नौशा, मौलाना सहबाई के मुँह से "आपके दोस्त" का लफ़्ज़ सुनकर मिर्ज़ा नौशा मुस्कुराए और कहा, 'भई मैं तो उनके मुँह क्यों लगने लगा, मगर आज देखा जाएगा "हर फ़िरऔन रा मूसा।" सुनता हूँ कि हमारे मीर साहब मौलवी हुदहुद की शान में आज कुछ फ़रमाने वाले हैं। उनके सामने अगर ये "शहबाज़-ए-सुख़न" टिक गए तो मैं समझूँगा कि बड़ा काम किया।' ग़रज़ ये बातें हो रही थीं कि उस्ताद ज़ौक़ भी अंदर आ गए। तमाम क़िला उनके साथ उलट आया था। साहब-सलामत करके सब अपनी-अपनी जगह बैठ गए। क़िले वालों और उन लोगों में जिनका ताल्लुक़ क़िले से है, सलाम करने का कुछ अजीब तरीक़ा है। सीधे खड़े होकर दायाँ हाथ इस तरह कान तक ले जाते हैं जैसे कोई नमाज़ की नीयत बाँधता है और फिर छोड़ देते हैं, चलो सलाम हो गया। बाक़ी सब लोगों से मामूली तरह सलाम करते हैं। क़िले

वालों की सूरत कुछ ऐसी है कि एक ही नज़र में पहचान लिए जाते हैं। शहज़ादे हों या सलातीनज़ादे, सबकी वज़ा-क़ता एक-सी है। वही लंबी गर्दन, वही पतली ऊँची नाक, लंबा किताबी चेहरा, बड़ी-बड़ी लंबोतरी आँखें, बड़ा दहाना, ऊँचा चौका, आँखों के नीचे की उभरी हुई हड्डियाँ, गहरा साँवला रंग, दाढ़ी कल्लों पर हल्की, ठोढ़ी पर ज़्यादा—ग़रज़ जैसी मुशाबहत [समानता] इन लोगों में है, शायद ही किसी ख़ानदान वालों में होगी। अमीर तैमूर से लगाकर, इस वक़्त तक उनकी शक्ल में कोई फ़र्क़ नहीं आया है। पहले तो क़िले भर का एक लिबास[15] था। मगर अब कुछ

---

15 इस मज़मून में जा-ब-जा देहली वालों के लिबास का ज़िक्र आया है, मुनासिब मालूम होता है कि ज़रा वज़ाहत से इस लिबास को बता दूँ ताकि पढ़ने वालों की आँखों के सामने उस महफ़िल का नक़्शा और अच्छी तरह फिर जाए। मिर्ज़ा नौशा का ज़िक्र तो जाने ही दो, वो तो डेढ़ ईंट की मस्जिद अलग बनाते हैं। उनकी टोपी दुनिया भर से जुदा थी, न तुर्की न तातारी। खाल को [ख़्वाह समूर हो या बर्रा] इस तरह सी लिया जाता था कि नीचे का घेर, ऊपर के चंदवे से ज़रा बड़ा रहे। उसके बाद चार कंगरे क़ायम करके खाल को टोपी की आधी मल्बान तक इस तरह काट लिया कि टोपी गड़गज की शक्ल बन गई। बीच में चंदवे की जगह मख़मल या गहरे रंग की बानात कंगरों के किनारों से मिलाकर सी ली, अंदर अस्तर दे दिया, चलो मिर्ज़ा नौशा की टोपी हो गई। शहर में कलाह-ए-ततरी का बहुत इस्तेमाल है, जिसको आम इस्तेलाह में चौगोशिया टोपी कहते हैं। ये भी कई वज़ा की होती हैं और कई तरह पहनी जाती हैं। जो टोपी शुरफ़ा इस्तेमाल करते हैं, उसका गोट ज़रा नीचा होता है। दमे के ऊपर चार पाखे की वज़ा बिल्कुल शाहजहाँनी मेहराब की सी होती है। चारों को इस तरह मिलाकर सीते हैं कि चारों कोने कमरक (कमरख़) के नमूने के हो जाएँ। बाज़ लोगों ने इसमें ज़रा जिद्दत भी की है वो ये कि दमे को ऊँचा करके, पाखों की मल्बन को चूडान से किसी क़दर बढ़ा दिया है और उनके सिल जाने के बाद जो पहल पैदा हुए हैं, उनको फिर काटकर कुलियाँ डाल दी हैं। इस तरह बजाए चार पहल के आठ पहल हो गए हैं। ख़ूबसूरती के लिए दमे के किनारों पर पतली लेस और गोशों के किनारों पर बारीक क़ीतून लगाते हैं। बादशाह सलामत की टोपी होती तो इसी नमूने की है, मगर सलमे-सितारे के काम से लिपी हुई और जा-ब-जा मोती और नगीने टँके हुए। इस क़िस्म की टोपी कई तरह पहनी जाती थी। क़िले वाले तो पाखों को खड़ा रखते हैं। बाक़ी लोग उनको किसी क़दर दबा लेते हैं। जो टोपी आठ पहल की होती है, उसके पाखों को तो

इतना दबाते हैं कि गोशे, दमे के बाहर फैलकर कँवल की शक्ल बन जाते हैं। इस क़िस्म की टोपी हमेशा आढ़ी पहनी जाती है और वो भी इस तरह कि उसका एक कोना बाएँ भौं को दबाए। इस टोपी के आलावा अख़र्चीं की टोपी का भी रिवाज है। इसका बनाना कुछ मुश्किल काम नहीं। एक मस्तील कपड़े के किनारों को सर की नाप के बराबर लिया। नीचे पतली-सी गोट दे दी और ऊपर के हिस्से में चुन्नट देकर छोटा सा गोल गत्ता लगा दिया। देहली की दो पलड़ी टोपी और लखनऊ की टोपी में सिर्फ़ ये फ़र्क़ है कि यहाँ ये टोपी इतनी बड़ी बनाते थे कि सर पर मँढ़ जाए। बर-ख़िलाफ़ इसके लखनऊ की टोपी सिर्फ़ बालों पर धरी रहती है। इन टोपियों के अलावा बाज़ लोग पंजगौशिया टोपी भी पहनते हैं। इस टोपी में पाँच गोशे होते हैं, लेकिन उसकी काट चौगोशिया टोपी से ज़रा मुख़्तलिफ़ है। गोशों के ऊपर के हिस्से बस ऐसे होते हैं, जैसे फ़सील के कंगरे नीचे दमे की बजाए पत्ली-सी गोट होती है। ये टोपी क़ालिब चढ़ाकर पहनी जाती है। क़ालिब चढ़कर ऐसी मालूम होती है जैसे हुमायूँ के मक़्बरे का गुंबद। आम लोगों में बड़े गोल चंदवे की टोपी का भी इस्तेमाल था। बाज़ तो बिल्कुल सादी होती हैं और बाज़ सोज़नी के काम या फ़ीते के काम की होती हैं। उस टोपी को भी क़ालिब चढ़कर पहनते हैं। लिबास में अँगरखा बहुत पसंद किया जाता है। अँगरखे की चोली इतनी नीची होती है कि नाफ़ तक आती है। चूँकि हर शख़्स को कसरत का शौक़ है, इसलिए जिस्म की ख़ूबसूरती दिखाने के लिए आस्तीनें बहुत चुस्त रखते हैं और बाज़ शौक़ीन आस्तीनों को आगे से काटकर उलट लेते हैं। अँगरखे के नीचे कुर्ता बहुत कम लोग पहनते हैं। क़िले वालों के अँगरखे के ऊपर जामावार या मख़मल की ख़फ़्तान होती है। बहुत तकल्लुफ़ किया तो उसके हाशियों पर समोर लगा लिया, नहीं तो अमूमन पतली लेस लगाते हैं। बटनों की बजाए सिर्फ़ एक तुक्मा और गंडी होती है जिसको "आशिक़-माशूक़" या "चश्में" कहते हैं। इसकी आस्तीनें हमेशा आधी होती हैं। क़िले में तो इसको ख़फ़्तान कहा जाता है मगर शहर वाले इस सीना खुले नीमा-आस्तीन को "शेरवानी" कहते हैं। अँगरखे के ऊपर चौकोर शाली रूमाल समोसा करके पैठ पर डाल लेते हैं। इस रूमाल को आम इस्तेलाह में "अख़र्चीन" कहते हैं। कमर में भी बत्ती करके रूमाल लपेटने का रिवाज है मगर बहुत कम। पाएजामा हमेशा क़ीमती कपड़े का होता है, अक्सर गुल-बदनी, ग़ल्ते, मशरूअ, मोटरे, अत्लस या गोरंट का होता है। पुरानी वज़ा के जो लोग हैं, वो तो अब भी एक बर्ही का पाएजामा पहनते हैं मगर तंग मोहरियों के पाएजामे भी चल निकले हैं। सलीम शाही जूती का इस्तेमाल शुरू हो गया है फिर भी देहली के शुरफ़ा घेतली जूती ज़्यादा पसंद करते हैं। शायद ही शहर भर में कोई होगा जिसके हाथ में बाँस की लकड़ी और गज़ भर का लट्ठे का चौकोर रूमाल न हो। ढूँढ़-ढूँढ़कर लंबी पोर का ठोस भारी बाँस लेते, तेल पिलाते, मेहँदी मलकर बावर्चीख़ाने

दो रंगी हो गई है। वजह ये हुई कि जब से सुलेमान शिकोह का अवध के दरबार में रुसूख़ हुआ, ख़ानदान के कुछ लोग तो वहीं जा रहे और कुछ ऐसे हैं कि बनारस आते-जाते रहते हैं। जो वहाँ जाकर आता है लिबास में नई तराश-ख़राश करता है। उसका लिबास, आधा तीतर आधा बटेर होकर न लखनऊ का रहता है न दिल्ली का। अब जो लोग यहाँ बैठे हैं उन्हीं को देख लीजिए। जो शहज़ादे लखनऊ जाकर आए हैं उनके सर पर लखनऊ की दो पलड़ी टोपी है, ऊँची चोली का अँगरखा है। नीचे बारीक शर्बती मलमल का कुर्ता और तंग पाएजामा है। जिन्होंने क़िला कभी नहीं छोड़ा, उनके जिस्म पर वही पुराना लिबास है। सर पर चौगोशिया टोपी, जिस्म पर नीची चोली का अँगरखा, उसके ऊपर मख़मल या जामेदार की ख़फ़्तान। पाँव में गुल-बदनी या ग़लते का एक बर्का पाएजामा। जो लोग लखनऊ हो आए हैं, उन्होंने देहली के लिबास के साथ दाढ़ी को भी ख़ैरबाद कह दिया है। चेहरे की साख़त से तो उनको देहली का शहज़ादा कह दो तो कह दो; मगर लिबास और वज़ा-क़ता से ये ठेठ लखनऊ वाले मालूम होते हैं।

उस्ताद ज़ौक़ सबसे मिल-मिलाकर शामियाने के दाईं तरफ़ बैठ गए। मुशायरे में शुअरा को सिलसिले से बिठाना भी एक फ़न है। नवाब ज़ैनुल आब्दीन ख़ाँ की तारीफ़ करूँगा कि जिसको जहाँ चाहा बिठा दिया, और फिर इस तरह कि किसी को न कोई शिकवा हुआ न शिकायत। अगर कोई ऐसी जगह बैठ जाता जहाँ उनके ख़याल में उसको न बैठना चाहिए था,

---

में लटकाते, यहाँ तक कि उसकी रंगत बदलते-बदलते सियाह हो जाती और वज़न तो ऐसा हो जाता है गोया सीसा पिला दिया है। जो निकलता है, ऐंठता हुआ निकलता है। जिसको देखो चौड़ा सीना, पतली कमर, बने हुए डंड। शुरफ़ा में तो शायद ढूँढ़े से एक भी न निकलेगा जिसको कसरत का शौक़ न हो और बाँक, बनोट और लकड़ी न जानता हो। बचपन ही से इन फ़ुनून की तालीम दी जाती है। मुक़ाबले होते हैं, वाह-वाह से बच्चों और नौजवानों का दिल बढ़ाते हैं और फ़ुनून-ए-सिपहगरी को शराफ़त का तम्ग़ा समझते हैं।

तो बजाए इसके कि उसको वहाँ से उठाते, ख़ुद ऐसी जगह जा बैठते जहाँ उसको बिठाना चाहते। थोड़ी देर के बाद कहते, 'अरे भई ज़रा एक बात तो सुनना।' वो आकर उनके पास बैठ जाता। उससे बातें करते रहते, इतने में कोई ऐसा शख़्स आ जाता जिसको वो उस ख़ाली जगह के लिए मौज़ूँ समझते तो उससे कहते, 'तशरीफ़ रखिए, वो जगह ख़ाली है।' जब वो जगह भर जाती तो किसी बहाने से उठ जाते और इस तरह दो नशिस्तों का इंतिज़ाम हो जाता। शहज़ादों का सिलसिले से बिठाना ज़रा टेढ़ी खीर है, ज़रा-ज़रा-सी बात पर बिगड़कर उठ जाते हैं कि वाह, हम और यहाँ बैठें! फिर लाख मनाइए वो भला क्या मानने वाले हैं। इन झगड़ों को उस्ताद ज़ौक़ ख़ूब समझते थे। इसलिए अपने साथ वालों का इंतिज़ाम उन्होंने ख़ुद कर लिया मगर इस तरह कि किसी को ये ख़याल ही नहीं हुआ कि ये महफ़िल का बंदोबस्त कर रहे हैं। किसी से कहते, 'साहिब-ए-आलम इधर आइए।' किसी से किसी ख़ास जगह की तरफ़ इशारा करते, कहते, 'बैठो भई, बैठो।' ग़रज़ थोड़ी देर में पूरी मज्लिस जम गई। नशिस्त का ये इंतिज़ाम था कि मीर-ए-मुशायरा के दाएँ जानिब वो लोग थे जिनका ताल्लुक़ क़िले से था, और बाएँ तरफ़ शहर के दूसरे उस्ताद और उनके शागिर्द। एक चीज़ जो मुझे अजीब मालूम हुई वो ये थी कि क़िला वाले जितने आए थे, सब के हाथों में बटेरें दबी हुई थीं। ये बटेरबाज़ी और मुर्ग़बाज़ी का मरज़ क़िले में बहुत है। रोज़ाना तीतरों, बटेरों और मुर्ग़ों की पालियाँ होती हैं। एक शहज़ादे साहब ने तो कमाल किया है। एक बड़े छकड़े पर ठाठर लगाकर छोटा-सा घर बना लिया है और ऊपर छत पर मिट्टी डालकर कंगनी [एक प्रकार का बीज] बो दी है। ठाठर में, ख़ुदा झूठ न बुलाए तो लाखों ही पदड़ियाँ [एक प्रकार का छोटा पक्षी], जहाँ चाहा छकड़ा ले गए और पदड़ियाँ उड़ा दीं। ऐसी सधी हुई हैं कि झल्लड़ [झुंड] से एक भी फट कर नहीं जाती। उन्होंने झंडी हिलाई और वो उड़ीं। उन्होंने आवाज़ दी और वो आकर छत पर बैठ गईं।

उस्ताद ज़ौक़ को आए चंद ही मिनट हुए होंगे कि मिर्ज़ा फ़त्हुल-मुल्क हवादार में सवार आ पहुँचे। उनके साथ नवाब मिर्ज़ा ख़ाँ[16] दाग़ थे। मियाँ दाग़ की कोई सोलह-सत्रह बरस की उम्र होगी। रंगत तो बहुत काली है मगर चेहरे पर ग़ज़ब की नरमाहट है। बड़ी-बड़ी ग़लाफ़ी [सुंदर] आँखें, सुतवाँ नाक, कुशादा पेशानी, सिर पर सियाह मख़मल की लैस लगी हुई चौगोशिया टोपी, जिस्म में सासलेट का अँगरखा, सब्ज़ गुल-बदनी का पाएजामा, हाथ में रेशमी रूमाल। हैं तो अभी नौ-उम्र मगर शेर ऐसा कहते हैं कि सुब्हान अल्लाह! शहर भर में उनकी ग़ज़लें गाई जाती हैं। ग़रज़ हवादार फ़र्श से मिलाकर लगा दिया गया। पहले मियाँ दाग़ उतरे और उतर के एक तरफ़ खड़े हो गए। उनके बाद मिर्ज़ा फ़त्हुल-मुल्क उतरे। उनका नीचे क़दम रखना था कि सब सर-ओ-क़द खड़े हो गए। चार चोबदार सब्ज़ खिड़कीदार पगड़ियाँ बाँधे, नीची-नीची, सब्ज़ बानात की अचकनें पहने, सुर्ख़ शाली रूमाल कमर से लपेटे, हाथों में गंगा-जमुनी असा और मोरछल लिए हुए हवादार के पीछे थे। इधर मिर्ज़ा फ़ख़्रू ने फ़र्श पर क़दम रखा, उधर असा बरदार तो इनके सामने आ गए और मोरछल बरदार के पीछे हो गए। इस सिलसिले से ये जुलूस आहिस्ता-आहिस्ता शामियाने तक आया। मिर्ज़ा फ़ख़्रू ने शामियाने के क़रीब खड़े होकर सब का सलाम लिया। फिर चारों तरफ़ नज़र डालकर कहा, ‘इजाज़त है?’ सबने कहा, ‘बिस्मिल्लाह-बिस्मिल्लाह!’ इजाज़त पाकर ये शामियाने में गए और सबको सलाम करके बैठ गए। दूसरे सब लोग बैठने की इजाज़त के इंतिज़ार में खड़े थे, उन सबकी तरफ़ नज़र डालकर कहा, ‘तशरीफ़

---

16 मिर्ज़ा फ़ख़्रू के साथ नवाब मिर्ज़ा ख़ाँ दाग़ के आने की ये वजह थी कि नवाब शम्सुद्दीन ख़ाँ के फाँसी पाने के बाद उनकी बीवी यानी दाग़ की वालिदा का निकाह मिर्ज़ा फ़ख़्रू से हो गया था और इसी निस्बत से दाग़ क़िले में रहते थे। [नवाब फ़त्हुल-मुल्क का उर्फ़ “मिर्ज़ा फ़ख़्रू’]

रखिए! तशरीफ़ रखिए!!।' सब लोग सलाम करके अपनी-अपनी जगह बैठ गए। उस्ताद ज़ौक़ ने दाग़ को अपने क़रीब ही एक जगह बैठने का इशारा किया, वो वहाँ जा बैठे। मोरछल बरदार शामियाने के पीछे और असा बरदार सामने सफ़ की पुश्त पर जा खड़े हुए। जब ये सब इंतिज़ाम हो गया तो नवाब ज़ैनुल आब्दीन ख़ाँ आगे बढ़े, शामियाने के पास जाकर तस्लीमात बजा लाए और दो-ज़ानू होकर वहीं बैठ गए। चुपके-चुपके साहिब-ए-आलम से कुछ बातें कीं और फिर उठकर अपनी जगह जा बैठे। उनके उठकर चले जाने के बाद नवाब फ़त्हुल-मुल्क ने दोनों हाथ फ़ातिहा[17] को उठाए। साथ ही अहल-ए-मज्लिस ने हाथ उठाए। फ़ातिहा-ए-ख़ैर के बाद साहिब-ए-आलम ने फ़रमाया, 'ऐ ख़ुश-नवायान-ए-चमन-ए-देहली! मेरी क्या बिसात है जो आप जैसे उस्तादान-ए-फ़न के होते हुए मीर-ए-मुशायरा बनने का ख़याल भी दिल में ला सकूँ, सिर्फ़ हज़रत पीर-ओ-मुर्शिद के फ़रमान की तामील में हाज़िर-ए-ख़िदमत हो गया हूँ, वरना कहाँ मैं और कहाँ ऐसे बड़े मुशायरे की मीर-ए-मज्लिसी। मुहिबो! इस मुशायरे की एक ख़ुसूसियत तो आपको मालूम है कि इसके लिए कोई "तरह" नहीं दी गई। इसकी दूसरी ख़ुसूसियत आप ये पाएँगे कि बजाए एक शम्अ के दो शम्एँ गर्दिश करेंगी। जिस तरह "तरह" के निकल जाने ने एक दूसरे के मुक़ाबले में फ़ख़्र-ओ-मुबाहात का दरवाज़ा बंद कर दिया है, उसी तरह दो शम्ओं की वजह से पढ़ने में तक़दीम-ओ-ताख़ीर से जो ख़यालात तबीअतों को मुकद्दर करते थे, वो भी रफ़ा हो जाएँगे। मुशायरे की इब्तिदा करने और ख़त्म करने का ख़याल भी अक्सर दिलों में फ़र्क़ डालता है, लेकिन इस मुशायरे में मैंने इंतिहा को इब्तिदा कर दिया है। चुनाँचे हज़रत ज़िल्ले-सुब्हानी के कलाम-ए-मोजिज़-निज़ाम से

17 नवाब फ़त्हुल-मुल्क बड़े कट्टर मुसलमान थे। कोई काम बग़ैर फ़ातिहा-ए-ख़ैर के शुरू न करते थे, इसीलिए सब क़िले वाले उनको "मुल्ला" या "मलेटा" कहा करते थे।

मुशायरे की इब्तिदा होगी और उसके बाद ही मैं अपनी ग़ज़ल अर्ज़ करके इब्तिदा और इंतिहा के फ़र्क़ को मिटा दूँगा।' ये कहकर मिर्ज़ा फ़ख़्रू ने हाथ का इशारा किया। दोनों चोबदार जो सामने खड़े थे, दोनों शम्एँ उठाकर उनके सामने लाए। उन्होंने बिस्मिल्लाह कहकर फ़ानूस उतारे और शम्एँ जलाकर फ़ानूस चढ़ा दिए। चोबदारों ने शम्ओं को ले जाकर लगनों में रख दीं और सीधे खड़े होकर मिर्ज़ा फ़ख़्रू की तरफ़ देखा। उन्होंने गर्दन से इशारा किया। इशारा पाते ही दोनों चोबदारों ने ब-आवाज़-ए-बुलंद कहा, 'हज़रात! मुशायरा शुरू होता है।'

इस आवाज़ का सुनना था कि एक सन्नाटा हो गया। क़िले वालों ने बटेरें थैलियों में बंद कर, तकियों के पीछे रख दीं। नौकरों ने झटपट हुक़्क़े सामने से हटा दिए और उनकी जगह सब के सामने उगालदान, ख़ासदान और बुनधनिये की तश्तरियाँ रख, अपनी-अपनी जगह जा खड़े हुए। इतने में बारगाह-ए-जहाँपनाही का ख़वास बादशाह सलामत की ग़ज़ल लिए हुए क़िले से आया। उसके साथ कई नक़ीब [चोबदार] थे। वो ख़ुद शम्अ के क़रीब आकर तस्लीमात बजा लाया और ग़ज़ल पढ़ने की इजाज़त चाही। मिर्ज़ा फ़ख़्रू ने गर्दन के इशारे से इजाज़त दी, वो वहीं बैठ गया। नक़ीबों ने आवाज़ लगाई :

*'हाज़िरीन! हज़रत ज़िल्ले-सुब्हानी, साहिब-ए-क़िरान सानी ख़ुल्दुल्लाहु मुल्कू व सल्तनतहू का कलाम-ए-मोजिज़-निज़ाम पढ़ा जाता है। निहायत अदब के साथ गोश-ए-दिल से समाअत फ़रमाइए।'*

# तकमील

*हुज़ूर-ए-शाह में अहल-ए-सुख़न की आज़माइश है*
*चमन में ख़ुश-नवायान-ए-चमन की आज़माइश है*

नक़ीब की आवाज़ के साथ ही सब अहल-ए-महफ़िल दो-ज़ानू हो, सँभलकर बैठ गए और पास-ए-अदब [किसी के आदर-सत्कार में] से सब ने गर्दनें झुका लीं। ख़वास ने बादशाह सलामत की ग़ज़ल ख़रीते में से निकाली, बोसा दिया, आँखों से लगाया और बुलंद आवाज़ से सोरठ के सुरों में पढ़ना शुरू किया। अलफ़ाज़ की नशिस्त, ज़बान की ख़ूबी, मज़मून की आमद और सबसे ज़्यादा पढ़ने वाले के गले ने एक समाँ बाँध दिया। एक कैफ़ियत थी कि ज़मीन से आसमान तक छाई हुई थी। किसी को तारीफ़ करने का भी होश न था। उस्तादान-ए-फ़न हर शेर पर झूमते थे। कभी-कभी किसी के मुँह से "सुब्हान अल्लाह" के अलफ़ाज़ बहुत नीची आवाज़ में निकल गए तो निकल गए, वरना सारी मज्लिस पर एक आलम-ए-बे-ख़ुदी तारी था। मक़्ते पर तो ये हाल हुआ जैसे किसी ने सब पर जादू कर दिया। हर शख़्स वज्द में झूम रहा था। ब-इसरार-ए-तमाम कई-कई दफ़ा मक़्ता पढ़वाया और मज़मून और ज़बान की चाशनी का लुत्फ़ उठाया। लीजिए आप भी पढ़िए और ज़बान के मज़े लीजिए :

*नहीं इश्क़ में इसका तो रंज हमें कि क़रार-ओ-शकेब ज़रा न रहा*
*ग़म-ए-इश्क़ तो अपना रफ़ीक़ रहा कोई और बला से रहा न रहा*

*न थी हाल की जब हमें अपनी ख़बर रहे देखते औरों के ऐब-ओ-हुनर*
*पड़ी अपनी बुराइयों पर जो नज़र तो निगाह में कोई बुरा न रहा*

*हमें साग़र-ए-बादा के देने में अब करे देर जो साक़ी तो हाय ग़ज़ब*
*कि ये अहद-ए-नशात, ये दौर-ए-तरब न रहेगा जहाँ में सदा न रहा*

*लगे यूँ तो हज़ारों ही तीर-ए-सितम कि तड़पते रहे पड़े ख़ाक पे हम*
*वले नाज़-ओ-करिश्मे की तेग़-ए-दो-दम लगी ऐसी कि तस्मा लगा न रहा*

*ज़फ़र आदमी उसको न जानिएगा, हो वो कैसा ही साहिबे-फ़हमो-ज़का*
*जिसे ऐश में यादे-ख़ुदा न रही जिसे तैश में ख़ौफ़े-ख़ुदा न रहा*

ग़ज़ल पढ़ चुकने के बाद ख़वास ने काग़ज़ मिर्ज़ा फ़ख़्रू के हाथ में दिया। ज़रअफ़शाँ काग़ज़ पर ख़ुद हज़रत ज़िल्लुल्लाह के क़लम की लिखी हुई ग़ज़ल थी। ख़त ऐसा पाकीज़ा था कि आँखों में खुबा जाता था। मिर्ज़ा फ़ख़्रू ने काग़ज़ लेकर इधर-उधर देखा। मम्लूकुल अली ने सीने पर हाथ रखकर कहा, 'साहिब-ए-आलम! हमारा क्या मुँह है जो हम हज़रत ज़िल्ले-सुब्हानी की ग़ज़ल की, जैसी चाहिए वैसी तारीफ़ कर सकें। अलबत्ता उन नवाज़िशात-ए-शाही का शुक्रिया अदा करते हैं जो हज़रत पीर-ओ-मुर्शिद ने ग़ज़ल भेजकर शुरकाए-मुशायरा पर मब्ज़ूल फ़रमाई हैं। बारगाह-ए-जहाँपनाही में हमारा नाचीज़ शुक्रिया पेश करके हमारी इज़्ज़त-अफ़ज़ाई फ़रमाई जाए।' मिर्ज़ा फ़ख़्रू ने ख़वास की तरफ़ देखा। उसने अर्ज़ की, 'क़िब्ला-ए-आलम! मैं ये पयाम जाते ही पेशगाह-ए-आली में पहुँचा दूँगा।' ख़वास आदाब करके जाने वाला ही था कि मिर्ज़ा फ़ख़्रू ने रोका और कहा, 'जाने से पहले साहिब-ए-आलम-

ओ-आलमियाँ हज़रत वली अहद बहादुर की ग़ज़ल भी पढ़ते जाओ। चलते-चलते मुझे इनायत की थी और फ़रमाया था कि किसी ख़ुश-गुलू शख़्स से पढ़वाना, भला तुमसे ज़्यादा मौज़ूँ और कौन शख़्स मिल सकता है?' ये कहकर जेब में हाथ डाला और एक काग़ज़ निकालकर ख़वास को दिया। उसने आदाब करके काग़ज़ लिया और वहीं बैठकर ये ग़ज़ल सुनाई :

*दिल से लुत्फ़-ओ-मेहरबानी और है*
*मेहरबानी की निशानी और है*

*क़िस्सा-ए-फ़रहाद-ओ-मजनूँ और है*
*इश्क़ की मेरे कहानी और है*

*रोकने से कब मिरे रुकते हैं अश्क*
*बल्कि होती ख़ूँ-फ़िशानी और है*

*हमसे ऐ दारा वो कब होते हैं साफ़*
*उनके दिल में बद-गुमानी और है*

ग़ज़ल तो बहुत फुसफुसी थी मगर वली अहद बहादुर की ग़ज़ल थी, भला किसका जिगर था जो तारीफ़ न करता, अलबत्ता ग़ालिब और मोमिन बिल्कुल चुप बैठे रहे। बाज़ क़िले वालों को बुरा भी मालूम हुआ, मगर इन दोनों को ख़ूब समझते थे कि ये सच्ची तारीफ़ करने वाले लोग हैं। वली अहद तो वली अहद, अगर बादशाह सलामत की भी कमज़ोर ग़ज़ल हो तो गर्दन तक न हिलाएँ। अल-क़िस्सा ख़वास तो ग़ज़ल पढ़कर

रुख़्सत हुआ और अब हाज़िरीन-ए-जल्सा के पढ़ने की नौबत आई। मिर्ज़ा फ़ख़्रू ने चोबदार को इशारा किया। उसने दोनों शम्एँ ला, शामियाने के सामने रख दीं। साहिब-ए-आलम ने अपनी ग़ज़ल निकाली और इधर-उधर नज़र डालकर और गर्दन को ज़रा झुकाकर कहा, 'भला मेरी क्या मजाल है कि आप जैसे कामिलीन-ए-फ़न के मुक़ाबले में कुछ पढ़ने का दावा करूँ। अलबत्ता जो कुछ बुरा-भला कहा है, वो ब-नज़र-ए-इस्लाह अर्ज़ करता हूँ :

*ग़म वो क्या है जो जाँ-गुज़ा न हुआ*
*दर्द वो क्या जो ला-दवा न हुआ*

*हाल खुल जाएँ ग़ैर के सारे*
*पर करूँ क्या कि तू मिरा न हुआ*

*दर्द क्या जिसमें कुछ न हो तासीर*
*बात क्या जिसमें कुछ मज़ा न हुआ*

*वो तो मिलता पर ऐ दिल-ए-कम-ज़र्फ़!*
*तुझको मिलने का हौसला न हुआ*

*शिकवा-ए-यार और ज़बान-ए-रक़ीब*
*खेल ठहरा, कोई गिला न हुआ*

*तुम रहो और मज्मा-ए-अग़्यार*
*मेरा क्या है, हुआ हुआ न हुआ*

*फिर तुम्हारे सितम उठाने को*
*रम्ज़ अच्छा हुआ बुरा न हुआ*

मिर्ज़ा फ़ख़्रू की आवाज़ तो ऊँची न थी, मगर पढ़ने में ऐसा दर्द था कि सुनकर दिल बे-क़ाबू हो जाता था। सारा मुशायरा "वाह-वाह" और "सुब्हान अल्लाह" के शोर से गूँज रहा था। तीसरे शेर पर मिर्जा ग़ालिब ने और पाँचवें पर हकीम मोमिन ख़ाँ ने ऐसे जोश से वाह-वाह की कि सफ़ से आगे निकल आए। मिर्ज़ा फ़ख़्रू अपनी ग़ज़ल पढ़ते रहे मगर उन दोनों को इन्हीं दो शेरों की रट लगी रही। पढ़ते और मज़े में आकर झूमते रहे। जब ग़ज़ल ख़त्म हुई तो मिर्ज़ा नौशा ने कहा, 'सुब्हान अल्लाह! साहिब-ए-आलम, सुब्हान अल्लाह!! वाह क्या कहना है!! शेर यूँ कहते हैं, मज़ा आ गया।' उस्ताद ज़ौक़ भी मुस्कुराए कि चलो इसी बहाने मेरी तारीफ़ हो रही है। मिर्ज़ा फ़ख़्रू ने उठकर सलाम किया और कहा, 'ये आप असहाब की बुज़ुर्गाना शफ़क़त है जो इस तरह इर्शाद होता है वरना मन आनम कि मन दानम।'

वो जिधर नज़र डालते लोग तारीफ़ें करते और वो झुक-झुककर सलाम करते। जब महफ़िल में ज़रा सुकून हुआ तो मिर्ज़ा फ़ख़्रू ने चोबदार को इशारा किया। उसने शामियाने के सामने से एक शम्अ उठा, सामने की सफ़ में मियाँ यल[18] के सामने रख दी। नाम तो उनका अब्दुल

---

18 इस ग़ुरूर ही ने उनको नीचा दिखाया। उनका रोज़-रोज़ अखाड़े में आकर ख़म ठोंकना लोगों को ना-गवार गुज़रा। शेख़ों वालों के उस्ताद हाजी अली जान ने एक फट्टा तैयार किया। बदन में तो कुछ ऐसा ज़्यादा न था मगर दाँव-पेच में ताक़ था और फुर्ती इस बला की थी कि क्या कहूँ। एक दिन जो मियाँ यल ने हस्ब-ए-मामूल शेख़ों वालों के यहाँ आकर ख़म ठोंके तो लौंडा कपड़े उतार, पैतरा बदल सामने आ गया और ख़म ठोंक कर हाथ मिलाना चाहा। मियाँ यल को हँसी आ गई कि भला ये पूदना मेरा क्या मुक़ाबला करेगा। हाथ मिलाने में ताम्मुल क्या उस्ताद अली जान ने कहा, 'क्यों भई हाथ क्यों नहीं

क़ादिर था, मगर शहर का बच्चा-बच्चा उनको "मियाँ यल" कहता था। उनको अपनी ताक़त पर इतना ग़ुरूर था कि किसी पहलवान को ख़ातिर में नहीं लाते थे। जिस अखाड़े में जाते वहाँ ख़म ठोंक आते और किसी

---

मिलाते? या तो हाथ मिलाओ या फिर कभी इस अखाड़े में आकर ख़म न ठोंकना।' कहने लगे, उस्ताद! जोड़ तो देख लो ख़्वाह-मख़्वाह इस लौंडे को पिसवाने से हासिल?' उस्ताद ने कहा, 'मियाँ जो जैसी करेगा वैसी भरेगा। दंगल में तुम इसे कुचल डालना। यही होगा कि हड्डी-पस्ली तुड़वाकर आइंदा को कान हो जाएँगे।' बहरहाल दोनों के हाथ मिल गए, तारीख़ मुक़र्रर हो गई। इस मुशायरे के दो-चार दिन बाद शाही दंगल में कुश्ती क़रार पाई। ईदगाह के पास ही ये दंगल है। दस-पंद्रह हज़ार आदमियों के बैठने की जगह है, मगर उस रोज़ वहाँ तिल रखने को जगह न थी। जिधर नज़र जाती सर ही दिखाई देते। मियाँ यल की बेहूदगियों की वजह से सारी देहली उस लौंडे की तरफ़ थी। पहले छोटी-मोटी कुश्तियाँ होती रहीं। ठीक चार बजे ये दोनों जाँघिये पहन, चादरें फेंक दंगल में उतरे। उतरते ही दोनों ने "या अली" का नारा मारा। दो-चार ढकेलियाँ खाईं। कुछ पढ़कर मिट्टी सीने पर डाली और ख़म ठोंक आमने-सामने हो गए। दोनों के जिस्मों में ज़मीन-आसमान का फ़र्क़ था, हाथी और च्योंटी का मुक़ाबला था। तमाम दंगल में सन्नाटा था। सुई भी गिरे तो आवाज़ सुन लो। हाँ आवाज़ थी तो "या अली" की या ख़म ठोंकने की। मियाँ यल ने लौंडे का हाथ पकड़कर झटका दिया, वो आगे को झुका। ये कमर पर आ गए, ये कमर पर आ गए, वो झट ग़ोता मार हाथों को चीर निकल गया। उन्होंने उसका सीधा हाथ पकड़कर धोबी पाट पटकना चाहा। वो तो डकर के अलग जा खड़ा हुआ। ये गाडज़ोरी करके उसको दबा तो लेते, लेकिन वो अपनी फुर्ती की वजह से ज़रा-सी देर में साफ़ निकल जाता। आख़िर एक दफ़ा ये उसको दबा ही बैठे। वो चिपका पड़ा रहा। उन्होंने हफ़्ते कस लिए। थोड़ी देर तक उसको ख़ूब रगड़ा, वो सहे चला गया इन्होंने पहलू में उकसकर उसका सीना खोलना चाहा। वो भी मौक़ा ताक रहा था। ये खींचने में ज़रा ग़ाफ़िल हुए, उसने टाँग पर बाँध जो उड़ाया तो मियाँ यल चारों शाने चित जा पड़े। लौंडा उचक सीने पर सवार हो गया। "वो मारा"-"वो मारा" की आवाज़ों से दंगल हिल गया। लोगों ने दौड़ लौंडे को गोद में उठा लिया। किसी ने ये भी फिरकर न देखा कि मियाँ यल कहाँ पड़े हैं। ये भी चुपके से उठ, चादर ओढ़, मुँह लपेट, ऐसे ग़ायब हुए कि फिर किसी ने उनकी सूरत न देखी। दंगल से क्या गए, हमेशा के लिए देहली से गए। थे बड़े ग़ैरतमंद, वो दिन और आज का दिन, फिर उनकी सूरत नज़र न आई। ख़ुदा जाने कहाँ मर-खप गए।

को जवाब में उनके सामने ख़म ठोंकने की हिम्मत न होती। पहलवानी की निस्बत से तख़ल्लुस "यल" रखा था। मज़मून भी रिंदाना बाँधते थे। पढ़ते इस तरह थे कि गोया मैदान-ए-कारज़ार [युद्ध का मैदान] में रजज़ [अपने कुल की शूरता और श्रेष्ठता का वर्णन] पढ़ रहे हैं। इससे ग़रज़ न थी कि कोई तारीफ़ करता है या नहीं करता, उनको अपने शेर पढ़ने से काम था। ग़ज़ल लिखी थी :

*कह दो रक़ीब से कि वो बाज़ आए जंग से*
*हरगिज़ नहीं हैं यार भी कम उस दबंग से*

*लब का बढ़ा दिया है मज़ा ख़त-ए-सब्ज़ ने*
*साक़ी ने पुश्त दी, मय-ए-साफ़ी को बंग से*

*दिल अब के बे-तरह से फँसा ज़ुल्फ़-ए-यार में*
*निकले ये क्यों कि देखिए क़ैद-ए-फ़रंग से*

*आ जाइयो न पेच में ज़ालिम के देखना*
*यारी तो तुमने की है यल उस शोख़-ओ-शंग से*

उनकी ग़ज़ल ख़त्म होते ही चोबदार ने दूसरी शम्अ उठाकर मिर्ज़ा अली बेग के सामने रख दी। ये बड़े गोरे-चिट्टे नौजवान आदमी हैं, कसरत का भी शौक़ है। "नाज़नीन" तख़ल्लुस करते हैं। दिल्ली में बस यही एक रेख़्ती-गो हैं। इधर शम्अ रखी गई, उधर नवाब ज़ैनुल आब्दीन ख़ाँ ने आवाज़ दी, 'ओढ़नी लाओ।' एक नौकर फ़ौरन तारों भरी, गहरे सुर्ख़ रंग की तारों भरी ओढ़नी लेकर हाज़िर हुआ। नाज़नीन ने बड़े नाज़-ओ-अंदाज़ से उसको

ओढ़ा। एक पल्लू का बुक्कल मारा, दूसरा पल्लू सामने फैला लिया और ख़ासी भली-चंगी औरत मालूम होने लगे। ग़ज़ल ऐसी लड़-लड़कर और अड़-अड़कर पढ़ी कि सारा मुशायरा अश-अश करने लगा। निरत [नृत्य] ऐसा प्यारा करते थे कि कोई बेसवा [वैश्या] भी क्या करेगी। दूसरा शेर तो इस तरह पढ़ा कि गोया "बाजी" को जलाने के लिए सबकुछ करने को तैयार हैं। क़िले वालों को तो इस ग़ज़ल में बड़ा मज़ा आया, मगर जो रेख़्ते के उस्ताद थे वो ख़ामोश बैठे सुनते रहे। ग़ज़ल ये थी :

*हुई उश्शाक़ में मशहूर यूसुफ़ सा जवाँ ताका*
*बुआ हम औरतों में था बड़ा दीदा ज़ुलेख़ा का*

*मुझे कहती हैं बाजी तूने ताका छोटे देवर को*
*नहीं डरने की मैं भी, हाँ, नहीं ताका तो अब ताका*

*अगर ऐ नाज़नीं तू दुब्ली-पत्ली कामिनी सी है*
*छरेरा सा बदन, नाम-ए-ख़ुदा है तेरे दुल्हा का*

अब दोनों शम्एँ इस तरह गर्दिश करने लगीं कि पहले सफ़ के सीधी जानिब का एक शख़्स ग़ज़ल पढ़ता था और फिर उल्टी तरफ़ का।

नीचे एक नक़्शा देता हूँ इससे नशिस्त की कैफ़ियत, पढ़ने वालों का सिलसिला और मुशायरे का इंतिज़ाम अच्छी तरह समझ में आ जाएगा।

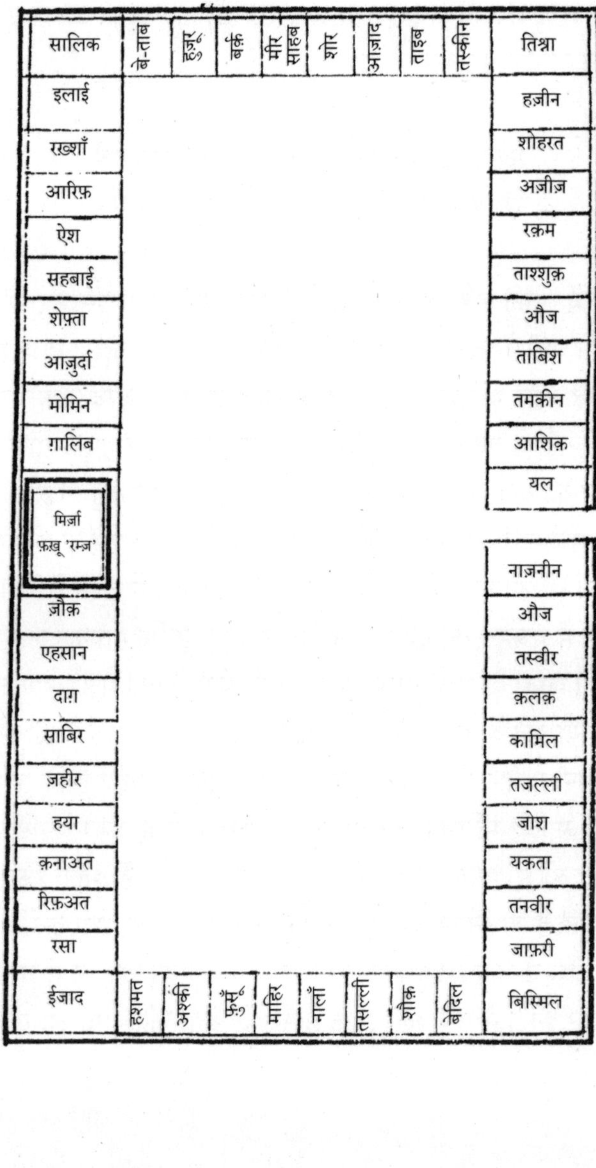

नाज़नीन के पढ़ने के बाद दाईं जानिब की शम्अ हटकर मियाँ आशिक़ के सामने आई। ये बेचारे एक मज़दूर पेशा आदमी हैं। लिखना-पढ़ना बिल्कुल नहीं जानते, न किसी के शागिर्द हैं, न किसी के उस्ताद। शेर ख़ासा अच्छा कहते हैं। इस मुशायरे में एक शेर तो ऐसा निकल गया कि सुब्हान अल्लाह! लिखा है :

*फ़क़त तू ही न मेरा ऐ बुत, ख़ूँ-ख़्वार दुश्मन है*
*तिरे कूचे में अपना हर दर-ओ-दीवार दुश्मन है*

ग़ज़ल में बाक़ी सारे अशआर तो सिर्फ़ भर्ती के थे मगर इस शेर पर हर तरफ़ से बड़ी देर तक वाह-वाह-वाह होती रही। उनकी ग़ज़ल ख़त्म होने पर बाईं तरफ़ की शम्अ उठाकर अब्दुल्लाह ख़ाँ *"औज"* के सामने रख दी गई। ये बड़े पुराने चालीस-पैंतालीस बरस के मश्शाक़ शायर हैं। मज़मून की तलाश में हर वक़्त सरगर्दां रहते हैं, लेकिन ढूँढ़-ढाँढ़कर ऐसे बुलंद मज़ामीन और नाज़ुक ख़यालात लाते हैं कि एक शेर तो क्या एक क़िते में भी उनकी समायी मुश्किल है और कोशिश ये करते हैं कि एक ही शेर में मज़मून को खपा दें, नतीजा ये होता है कि मतलब कुछ का कुछ हो जाता है। भला दूसरों को तो उनके शेरों में क्या मज़ा आए और कोई क्या दाद दे, हाँ ये ख़ुद ही पढ़ते हैं, ख़ुद ही मज़ा लेते हैं और ख़ुद ही अपनी तारीफ़ कर लेते हैं। ग़ज़ल इस ज़ोर-शोर से पढ़ते हैं कि ज़ोर में आकर सफ़-ए-मज्लिस से गज़ों आगे निकल जाते हैं। इनके शागिर्द तो दो-चार ही हैं, मगर उस्ताद भी इनको उस्ताद मानते हैं। भला किसका बल-बूता है जो इनको उस्ताद न कहकर लड़ाई मोल ले। इधर इन्होंने शेर पढ़ा, उधर उस्ताद ज़ौक़ या मिर्ज़ा ग़ालिब ने दाद दी। दाद देने में ज़रा देर हुई और इनके तेवर बदले। इनके ग़ुस्से की भला कौन ताब ला सकता

है। चार-ओ-नाचार तारीफ़ करनी पड़ती, जब कहीं जाकर ये ठंडे पड़ते। ग़ज़ल हुई थी :

*दम का जो दमदमा ये बाँधे ख़याल अपना*
*बे-पुल-ए-सिरात उतरें, ये है कमाल अपना*

*तिफ़्ली ही से है मुझको वहशत-सरा से नफ़रत*
*सुम में गड़ा हुआ है, आहू के नाल अपना*

*कस्ब-ए-शहादत अपना है याद किसको क़ातिल*
*साँचे में तेग़ के सर लेते हैं ढाल अपना*

*चेचक के आबलों की मैं बाग मोड़ता हूँ*
*रख के देवी के आस्ताँ पर सीमीं हिलाल अपना*

आख़िरी शेर पर तो मिर्ज़ा ग़ालिब उछल पड़े। कहने लगे, 'वाह मियाँ औज! इस शेर के दूसरे मिसरे ने तो ग़ज़ब ढा दिया है। भई वल्लाह! अलफ़ाज़ "रख के" क्या ख़ूब फँसाए हैं। ये सब काफ़िर हैं जो तुम्हें उस्ताद कहते हैं, मियाँ तुम तो शेर के ख़ुदा हो ख़ुदा।' ग़रज़ सब उस्तादों ने तारीफ़ों के पुल बाँध दिए और मियाँ औज हैं कि फूलकर कुप्पा हुए जाते हैं। जब ज़रा सुकून हुआ तो सीधी तरफ़ की शम्अ खिसककर मुहम्मद यूसुफ़ "तमकीन" के सामने आई। उनकी उम्र कोई पंद्रह-सोलह साल की होगी। मदरसा-ए-देहली में तालिब-ए-इल्म हैं। ग़ज़ब की ज़रीफ़ाना तबीअत पाई है। बात करने में मुँह से फूल झड़ते हैं। नाज़ुक-नाज़ुक नक़्शा, साँवला रंग, भरे-भरे हाथ-पाँव, जवान होंगे तो बड़े ख़ूबसूरत आदमी निकलेंगे। ग़ज़ल थी—

दोज़ख़ भी जिससे माँगता हर दम पनाह था
किस दिल-जले की बार-ए-ख़ुदाया ये आह थी

ख़ाना-ख़राब हो तिरा ऐ इश्क़-ए-बे-हया
आईन कौन सा था, ये क्या रस्म-ओ-राह थी

तूने जो दिल को मेरे सनम-ख़ाना कर दिया
रहता ख़ुदा था जिसमें, ये वो बारगाह थी

*तमकीन को इक निगाह में दीवाना कर दिया*
*जादू फ़रेब आह ये किसकी निगाह थी*

मियाँ तमकीन का दिल बढ़ाने को सबने तारीफ़ की, क़िते को कई-कई दफ़ा पढ़वाया। उस्ताद एहसान ने कहा, 'मियाँ यूसुफ़! क्या कहना है। ख़ूब कहते हो, कोशिश किए जाओ, एक न एक दिन उस्ताद हो जाओगे, मगर मियाँ किसी के शागिर्द हो जाओ, बे-उस्ताद रहे तो भटक निकलोगे।' मियाँ तमकीन ने मुस्कुराकर कहा, 'उस्ताद! मैं कहीं आपके हुक्म से बाहर हो सकता हूँ, कल ही इंशा अल्लाह उस्ताद औज की ख़िदमत में हाज़िर हो जाता हूँ।' उस्ताद ज़ौक़ ने कहा, 'हाँ भई हाँ, ख़ूब इंतिख़ाब किया। बस ये समझो कि चंद दिनों में बेड़ा पार है।' यहाँ ये बातें हो रही थीं कि दूसरी शम्अ ग़ुलाम अहमद "तस्वीर" के सामने पहुँच गई। उनको मियाँ बब्बन भी कहते हैं। अलिफ़ के नाम बे नहीं जानते मगर तबीअत ग़ज़ब की पाई है। पहले मियाँ तनवीर के शागिर्द थे, बाद में उनसे टूटकर उस्ताद ज़ौक़ से आ मिले, भारी बदन, मुंडी हुई दाढ़ी, छोटी-छोटी मूँछें, गहरा साँवला रंग, जिस्म पर सूसी का तंग मोहरी का पाएजामा, ऊपर सूसी का कुर्ता, कंधे पर लट्ठे का रूमाल, सर पर सोज़नी के काम की गोल टोपी। बेचारे नैचा-बंदी के काम पर गुज़र-औक़ात करते हैं। बड़े पुर-गो शायर हैं। लिखना-पढ़ना तो जानते

ही नहीं, इसलिए जो कुछ कहते हैं दिल-ओ-दिमाग़ ही में ठोंसते जाते हैं। याद इस बला की है कि ज़रा छेड़ दो तो अरगन की तरह बजने लगते हैं और ख़त्म करने का नाम नहीं लेते। कलाम ऐसा पाकीज़ा है कि बड़े-बड़े उस्तादों के सर हिल जाते हैं। उनको सुनो तो ये मालूम ही नहीं होता कि एक उम्मी [वह व्यक्ति जो पढ़ना-लिखना न जानता हो] पढ़ रहा है। बस यही समझ लो कि "अश्शुअरउतलामिज़ुर्रहमान" की बेहतरीन मिसाल हैं। ग़ज़ल कही थी :

*हिज्र की शब तो सहर हो यारब*
*वो न आया तो क़यामत ही सही*

*जान बेकार तो अपनी न गई*
*ऐ सितमगर तिरी शौहरत ही सही*

*मुझसे इतना भी न खिंचिए साहब*
*आप पर मेरी ही तबीअत ही सही*

*जज़्बा-ए-दिल नहीं लाया तुमको*
*आपकी ख़ैर इनायत ही सही*

हर शेर पर "वाह-वाह" और "सुब्हान अल्लाह" के शोर से महफ़िल गूँज जाती थी। ग़ज़ल तमाम हुई तो उस्ताद ज़ौक़ ने हकीम मोमिन ख़ाँ की तरफ़ देखकर कहा, 'ख़ाँ साहब ये मियाँ बब्बन भी ग़ज़ब की तबीअत लेकर आए हैं। कहने को तो मेरे शागिर्द हैं मगर अब तक उनके किसी शेर में इस्लाह देने की मुझे तो ज़रूरत नहीं हुई। कल एक ग़ज़ल सुनाई थी, मैं तो फड़क गया। एक शेर तो ऐसा बे-साख़ता निकल गया है कि तारीफ़ नहीं हो सकती। हाँ मियाँ बब्बन वो क्या शेर था?' मियाँ बब्बन ने ज़रा दिमाग़ पर ज़ोर डाला और शेर दिमाग़ से फिसल, ज़बान पर आ गया। मत्ला था :

*बर्छी तिरी निगाह की पहलू आ लगी*
*पहलू से दिल में, दिल से कलेजे में जा लगी*

और शेर ये था :

*दामन पे वो रखे न रखे दिलरुबा लगी*
*लेकिन हमारी ख़ाक ठिकाने से आ लगी*

हकीम साहब ने बहुत तारीफ़ की और कहा, 'मियाँ बब्बन ये ख़ुदा की देन है, ये बात पढ़ने-पढ़ाने से पैदा नहीं होती। मियाँ ख़ुश रहो, इस वक़्त दिल ख़ुश कर दिया।'

उनके बाद शम्अ, मुहम्मद जाफ़र ताबिश के सामने आई। ये इलाहाबाद के रहने वाले हैं। बहुत दिनों से दिल्ली में आ रहे हैं। बेचारे गोशा-नशीन [अलग-थलग या अकेला रहनेवाला] आदमी हैं। शायरी से दिली लगाव है। कोई मुशायरा नहीं होता जहाँ न पहुँचते हों। ग़ज़ल में दो शेर बहुत अच्छे थे, वही लिखता हूँ :

*कभी बिन बादा रह नहीं सकते*
*तौबा कुछ हमको साज़गार नहीं*

*दिल में ख़ुश हैं अदू, पर ऐ ताबिश*
*वो सितमगर किसी का यार नहीं*

मक़्ते की कुछ ऐसी प्यारी बंदिश पड़ी है कि सब के मुँह से बे-साख़ता वाह-वाह निकली, मुफ़्ती सदरुद्दीन साहब की तो ये हालत थी कि पढ़ते थे और झूमते थे।

ताबिश के बाद उल्टी जानिब शम्अ मियाँ "क़लक़" के आगे गई। ख़ुदा इनसे महफ़ूज़ रखे। बड़े चालाक आदमी हैं। अब्दुल अली नाम है, मद्रास

के रहने वाले हैं। कोई तीस बरस की उम्र है। बचपन ही में घर से निकल खड़े हुए। हैदराबाद होते हुए देहली आए। हज़ारों को तावीज़ों के जाल में फँसाकर पटरा कर दिया। उनकी शक्ल से लोग घबराते हैं। शाह साहब बने फिरते हैं मगर दिल का ख़ुदा मालिक है। शेर ख़ासा कहते हैं, लिखा था :

*ख़ुम-ए-शराब से ख़ुम-ए-गर्दूं तो बन गया*
*साक़ी बना दे माह, पियाला उछाल के*

*हम मशरबों में चल के क़लक़ मयकशी करो*
*झगड़े वहाँ नहीं हैं हराम-ओ-हलाल के*

ये पढ़ चुके तो शम्अ मुंशी महमूद[19] जान "औज" के सामने गई। उनकी ग़ज़ल में दो ही शेर ऐसे थे जिनकी थोड़ी-बहुत तारीफ़ हुई, बाक़ी सब भर्ती के थे।

*आने में उस जान-ए-जाँ के देर है*
*कुछ मुक़द्दर का हमारे फेर है*

*है यक़ीन वो जान-ए-जाँ आता नहीं*
*मौत के आने में फिर क्यों देर है*

उनके बाद मिर्ज़ा कामिल बेग की बारी आई। ये सिपाही पेशा आदमी हैं। "कामिल" तख़ल्लुस करते हैं। मुशायरे में भी ओपची बनकर आए हैं। ग़ज़ल इस तरह पढ़ी गोया फ़ौज की कमान कर रहे हैं। देख लो मज़मून में भी वही सिपाहियाना रंग झलक रहा है। उनकी ग़ज़ल में क़ित्आ बड़े मज़े का था, वही लिखता हूँ :

---

19 आइंदा ये ज़ाहिर करने की ज़रूरत नहीं कि सीधी तरफ़ से शम्अ बढ़ी या उल्टी जानिब से। बस ये समझ लीजिए कि पहले दाएँ तरफ़ का एक शायर पढ़ता था और फिर बाएँ तरफ़ का।

*मिज़्गाँ से गर बचे दिल, अबरू करे है टुकड़े*
*ये बात मैंने कहकर जब उससे दाद चाही*
*कहने लगा कि तरकश जिस वक़्त होवे ख़ाली*
*तलवार फिर न खींचे तो क्या करे सिपाही*

अब हकीम सय्यद मुहम्मद ताश्शुक़ के पढ़ने का नंबर आया। ये बड़े पाए के अदीब हैं। तिरसठ-चौंसठ बरस की उम्र है, हिक्मत [बुद्धिमता] में अपना जवाब नहीं रखते। ग़रज़ क्या कहूँ, एक जामि-उल-कमालात [बहुगुणसंपन्न] शख़्स हैं, मगर अपने आपको बहुत दूर खींचते हैं। अच्छा शेर सुनते हैं तो बे-ताब हो जाते हैं, चाहते हैं कि जिस तरह मैं तारीफ़ करता हूँ, दूसरे भी मेरे शेर की तारीफ़ करें। शेर बुरा नहीं कहते, मगर ऐसा भी नहीं होता कि मुशायरा चमक उठे और हर शख़्स के मुँह से बे-साख़्ता वाह-वाह निकल जाए। आप ख़ुद ही उनका कलाम देख लीजिए :

*तुझको इस मेरी आह-ओ-ज़ारी पर*
*रहम ऐ फ़ित्ना-गर नहीं आता*

*वादा-ए-शाम तो किया लेकिन*
*कुछ वो आता नज़र नहीं आता*

*तेरे बीमार का है ये आलम*
*होश दो दो पहर नहीं आता*

तारीफ़ तो हुई मगर कुछ उनके दिल को न लगी, इसलिए ज़रा आज़ुर्दा से हो गए।

उनके बाद शम्अ मीर हुसैन तजल्ली के सामने आई। ये मीर तक़ी मीर के पोते हैं। बड़े ज़रीफ़ और नुक्ता-संज आदमी हैं। कलाम में वही मीर साहब का रंग झलकता है, ज़बान पर जान देते हैं। ग़ज़ल तो छोटी-

सी होती है मगर जो कुछ कहते हैं, अच्छा कहते हैं। क्यों न हो, आख़िर किसके पोते हैं:

*मिरी वफ़ा पे तुझे रोज़ शक था ऐ ज़ालिम*
*ये सर, ये तेग़ है, ले अब तो एतिबार आया*

*ये शौक़ देखो पस-ए-मर्ग भी तजल्ली ने*
*कफ़न में खोल दीं आँखें, सुना जो यार आया*

दूसरे शेर पर वो तारीफ़ हुई कि मियाँ तजल्ली की बाछें खिल गईं। मियाँ तजल्ली पढ़ चुके तो हकीम सखानंद रक़म की बारी आई। उनको मैं हकीम मोमिन ख़ाँ साहब के मकान पर देख चुका था। कलाम तो ऐसा अच्छा नहीं होता मगर पढ़ते ख़ूब हैं। यहाँ किसी ने ज़रा भी तारीफ़ की और उन्होंने सलाम का तार बाँध दिया। ग़ज़ल लिखी थी :

*बुझाना आतिश-ए-दिल का भी कुछ हक़ीक़त है*
*ज़रा सा काम तुझे चश्म-ए-तर नहीं आता*

*अदम से कूचा-ए-क़ातिल की राह मुल्हिक़ है*
*गया उधर जो गुज़र फिर इधर नहीं आता*

*हो ख़ाक चारागरी इस मरीज़ की तेरे*
*नज़र में तुझ सा कोई चारागर नहीं आता*

तीसरा शेर हकीम मोमिन ख़ाँ साहब के रंग का था। उसकी उन्होंने बहुत तारीफ़ की मगर उसके साथ ये भी कहा, 'मियाँ रक़म! या तो तुम हिकमत ही करो या शेर ही कहो; इन दोनों चीज़ों को मिलाकर चलाना ज़रा मुश्किल काम है।'

शम्अ का शेख़ नियाज़ अहमद जोश के सामने जाना था कि शागिर्दान-ए-ज़ौक़ ज़रा सँभल बैठे। जोश को उस्ताद ज़ौक़ बहुत अज़ीज़ रखते हैं।

उनकी उम्र अठारह-उन्नीस साल की है मगर बला के तब्बा और ज़हीन हैं। उनकी सुख़न-गोई और सुख़न-फ़हमी के क़िले भर में धूम है, मगर मुशायरे में उन्होंने जो ग़ज़ल पढ़ी, वो तो मुझे पसंद न आई; हाँ, क़िले वालों ने वाह-वाह के शोर से मकान सर पर उठा लिया। उस्ताद ज़ौक़ ने भी सुब्हान अल्लाह! सुब्हान अल्लाह!! कहकर शागिर्द का दिल बढ़ाया। ग़ज़ल देख लीजिए, मुम्किन है कि मैंने ही ग़लत अंदाज़ा लगाया हो :

*क्योंकर वो हाथ आए कि याँ ज़ोर-ओ-ज़र नहीं*
*ले दे के इक आह, सो उसमें असर नहीं*

*क़िस्मत से दर्द भी तो हुआ वो हमें नसीब*
*जिस दर्द का कि चारा नहीं, चारागर नहीं*

*क़िस्मत ही में नहीं है शहादत वगरना याँ*
*वो ज़ख़्म कौन सा है कि जो कारगर नहीं*

*सज्दे में क्यों पड़ा है, अरे उठ शराब पी*
*ऐ जोश मयकदा है ख़ुदा का ये घर नहीं*

आपने ग़ज़ल मुलाहिज़ा कर ली। मैं तो अब भी यही कहूँगा कि कोई शेर भी ऐसा नहीं जो तारीफ़ के काबिल हो। अब ज़बरदस्ती की तारीफ़ें करना दूसरी बात है।

उनके बाद मौलवी इमाम बख़्श सहबाई के बड़े फ़र्ज़ंद मुहम्मद अब्दुल अज़ीज़ का नंबर आया। ये "अज़ीज़" तख़ल्लुस करते हैं। ग़ज़ल ख़ूब कहते हैं। क्यों न हो, बड़े बाप के बेटे हैं। हाय क्या-क्या शेर निकाले हैं, लिखते हैं :

*जूँ शम्अ शग़्ल तेरे सरापा-नियाज़ का*
*जलना जो सोज़ का है तो रोना गुदाज़ का*

*कज-फ़हमियों से ख़ल्क़ की देखा कि क्या हुआ*
*मंसूर को हरीफ़ न होना था राज़ का*

*हम आसियों का बार-ए-गुनह से झुका है सर*
*और ख़ल्क़ को गुमान है हम पर नमाज़ का*

*मग़रूर था ही और वो मग़रूर हो गया*
*इसमें गिला नहीं मुझे आईना-साज़ का*

*औरों के साथ लुत्फ़ से था सूरत-ए-नियाज़*
*याँ बढ़ गया दिमाग़ तग़ाफ़ुल से नाज़ का*

ज़रा सच कहिएगा सारी ग़ज़ल मुरस्सा [सुसज्जित] है या नहीं? हाँ, इस ग़ज़ल की जो कुछ तारीफ़ हुई बजा हुई। उस्ताद ज़ौक़ ने भी कहा, 'भई सहबाई! तुम्हारा ये लड़का ग़ज़ब का निकला है। ख़ुदा इसकी उम्र में बरकत दे। एक दिन बड़ा नाम पैदा करेगा। वाह मियाँ साहबज़ादे वाह! क्या कहना है दिल ख़ुश हो गया। क्यों न हो, ऐसों के ऐसे ही होते हैं।' मियाँ अज़ीज़ ने उठकर सलाम किया और बैठ गए।

मियाँ अज़ीज़ के बाद शम्अ ख़्वाजा मुईनुद्दीन यकता के सामने आई। उनका क्या कहना, सरकार से ख़िताब-ए-ख़ानी पाया है। किसी को ख़ातिर में ही नहीं लाते। कभी किसी के शागिर्द होते हैं, कभी किसी के। पहले एहसान से तलम्मुज़ [शिष्यता] था, आजकल मिर्ज़ा ग़ालिब की तरफ़ ढलक गए हैं। ऐसे मुतलव्विन-मिज़ाजों [चंचलचित्त] को न कभी कुछ कहना आया है, न आएगा। मेरा दिल बड़ा ख़ुश हुआ कि किसी ने तारीफ़ नहीं की। बड़े जले होंगे। भला ऐसे शेरों की कोई ख़ाक तारीफ़ करे :

ऐ आह-ए-शोला-ज़ा ये ख़स-ओ-ख़ार भी नहीं
नौ आसमाँ हैं, दो भी नहीं, चार भी नहीं

है किसको ताब-ए-शिकवा-ए-दुश्मन कि ज़ोफ़ से
लब पर हमारे तज़्किरा-ए-यार भी नहीं

जीना फ़िराक़-ए-यार में वादे की लाग पर
आसान गर नहीं है तो दुश्वार भी नहीं

हाँ, अब जिसके सामने शम्अ आई है वो शायर है। ये कौन हैं? मिर्ज़ा हाजी बेग शोहरत। गोरा रंग, मियाना क़द, कोई तीस-बत्तीस बरस की उम्र। बड़े बने-सँवरे रहते हैं। पहले उन्हीं के मकान पर मुशायरा होता था, अब थोड़े दिनों से बंद है। मुफ़्ती सदरुद्दीन साहब के शागिर्द-ए-रशीद हैं। कहते भी ख़ूब हैं और पढ़ते भी ख़ूब हैं। बड़ी पाटदार आवाज़ है। पढ़ने का ढंग ऐसा है कि एक-एक लफ़्ज़ दिल में उतरता जाता है। हर शेर पर तारीफ़ें हुईं और क्यों न होतीं, हर शेर तारीफ़ के क़ाबिल था। ग़ज़ल ये है :

*एक दिन, दो दिन, कहाँ तक, तू भी कुछ इंसाफ़ कर*
*ये तो जलना रोज़ का ऐ सोज़-ए-हिज्राँ हो गया*

*है तरक़्क़ी जौहर-ए-क़ाबिल ही के शायाँ कि मैं*
*ख़ाक आग का पुतला बना, पुतले से इंसाँ हो गया*

*कुफ़्र-ओ-दीं में था न कुछ उक़्दा ब-जुज़ बंद-ए-नक़ाब*
*इसके खुलते ही ये कार-ए-मुश्किल आसाँ हो गया*

*पहले दावाए-ख़ुदाई उस बुत-ए-काफ़िर को था*
*कुछ दुरुस्ती पर जो आज आया तो इंसाँ हो गया*

आख़िरी शेर पर तो मिर्ज़ा ग़ालिब की ये हालत थी कि गोया बिल्कुल मस्त हो गए हैं। रानों पर हाथ मारते और कहते वाह मियाँ शोहरत! वाह,

कमाल कर दिया!! शेर क्या है, एजाज़ है। ये एक शेर बड़े-बड़े दीवानों पर भारी है; हाँ क्या कहा है, सुब्हान अल्लाह!!!

*पहले दावाए-ख़ुदाई उस बुत-ए-काफ़िर को था*
*कुछ दुरुस्ती पर जो आज आया तो इंसाँ हो गया*

ग़रज़ इस शेर ने एक अजीब कैफ़ियत महफ़िल में पैदा कर दी थी। लोग ख़ुद पढ़ते, एक-दूसरे को सुनाते, मज़े ले-लेकर झूमते और जोश में वाह-वाह और सुब्हान अल्लाह के नारे मारते। बड़ी देर में जाकर महफ़िल में ज़रा सुकून हुआ तो शम्अ नवाज़िश ख़ाँ "तनवीर" के सामने गई। ये नौ-जवान आदमी हैं, कोई बत्तीस-तैंतीस बरस के होंगे। बादशाह सलामत उनको बहुत अज़ीज़ रखते हैं, मियाँ शोहरत के शेर ने वो जोश पैदा कर दिया था कि उनकी ग़ज़ल किसी ने भी ग़ौर से नहीं सुनी। ग़ज़ल भी मामूली थी, सिर्फ क़ित्आ ख़ासा था :

*जान कर दिल में मुझे अपना मरीज़-ए-तप-ए-ग़म*
*कहता लोगों से ब-ज़ाहिर बुत-ए-अय्यार है क्या*
*रंग-ए-रुख़ ज़र्द है, तर चश्म है, लब पर दम-ए-सर्द*
*पूछना इससे कि इस शख़्स को आज़ार है क्या*

ये पढ़ चुके तो शम्अ मीर बहादुर अली हज़ीन के सामने रखी गई। ये बड़े संजीदा, मतीन और वज़ादार आदमी हैं। आरिफ़ के शागिर्द हैं, इनका एक शेर बड़े मज़े का है :

*सुबू से मुँह लगाएँगे, अब इतना सब्र है किसको*
*कि भरिए ख़ुम से मय शीशे में और शीशे से साग़र में*

जो ग़ज़ल उन्होंने उस रोज़ मुशायरे में पढ़ी, उसके ये दो-तीन शेर अच्छे थे :

*दुनिया की वुसअतें तिरे गोशे में आ गईं*
*अल्लाह-री वुसअतें तिरी ऐ तंगनाए-दिल*

*जल-जलके आख़िरश तपिश-ए-ग़म हाथ से*
*इक दाग़ रह गया मिरे पहलू में जाए-दिल*

*देखा वो अपनी आँख से जो कुछ सुना न था*
*और देखिए हज़ीं अभी क्या-क्या दिखाए दिल*

मक़्ते को सबने पसंद किया और वाक़ई है भी अच्छा।

उनके बाद शम्अ ऐसे शख़्स के सामने आई जो ख़ुद शायर, जिसका बाप शायर, जिसका भाई शायर, जिसका सारा ख़ानदान शायर—वो कौन?—मियाँ बाक़िर अली जाफ़री। फ़ख़्रुश्शुअरा निज़ामुद्दीन ममनून के छोटे भाई, मलिकुश्शुअरा क़मरुद्दीन मिन्नत के छोटे बेटे। उनकी ग़ज़ल में ज़ोर न होगा तो और किसकी ग़ज़ल में होगा। दो शेर सुनिए, कहते हैं :

*तेग़ यूँ दिल में ख़याल-ए-निगह-ए-यार न खींच*
*ना-ख़ुदा तरस तू काबे में तो तलवार न खींच*

*बे-सर-ओ-पा चमन-ओ-दश्त में आलम के न फिर*
*नाज़-ए-हर-गुल न उठा, मिन्नत-ए-हर-ख़ार न खींच*

ग़ज़ल की जैसी तारीफ़ चाहिए, वैसी तारीफ़ नहीं हुई; वजह ये है कि ये रंग अब देहली से उठता जाता है। अब तो रोज़मर्रा पर लोग जान देते हैं। उसमें अगर मज़मून पैदा हो गया तो सुब्हान अल्लाह! मिर्ज़ा

ग़ालिब इस रंग के बड़े दिल-दादा [मोहित/मुग्ध] थे, वो भी इसको अब छोड़ते जा रहे हैं।

इसके बाद मुंशी मुहम्मद अली तिश्ना के पढ़ने की बारी थी। चोबदार उनके सामने शम्अ रखने में ज़रा हिचकिचाया। नंग-धड़ंग मज़े में दो-ज़ानू बैठे झूम रहे थे। चोबदार ने मिर्ज़ा फ़ख़्रू की तरफ़ देखा, उन्होंने आँख से इशारा किया कि रख दे। उसने शम्अ रख दी। जब शम्अ की रौशनी आँखों पर पड़ी तो मियाँ तिश्ना ने भी आँखें खोलीं। कुछ समझकर फूँक मार शम्अ गुल कर दी और कहा, 'मैं भी कुछ अर्ज़ करूँ।' सबने कहा, 'ज़रूर फ़रमाइए।' उन्होंने निहायत आज़ादाना लहजे में कुछ गाते हुए, कुछ पढ़ते हुए ये ग़ज़ल सुनाई :

*आँख पड़ती है कहीं, पाँव कहीं पड़ता है*
*सबकी है तुमको ख़बर, अपनी ख़बर कुछ भी नहीं*

*शम्अ है, गुल भी है, बुलबुल भी है, परवाना भी*
*रात की रात ये सब कुछ है सहर कुछ भी नहीं*

*हश्र की धूम है सब कहते हैं यूँ है यूँ है*
*फ़ित्ना है इक तिरी ठोकर का मगर कुछ भी नहीं*

*नेस्ती की है मुझे कूचा-ए-हस्ती में तलाश*
*सैर करता हूँ उधर की कि जिधर कुछ भी नहीं*

*एक आँसू भी असर जब न करे ऐ तिश्ना*
*फ़ायदा रोने से ऐ दीदा-ए-तर कुछ भी नहीं*

मैं क्या बताऊँ कि ग़ज़ल का क्या असर हुआ! एक सन्नाटा था कि ज़मीन से आसमान तक छाया हुआ था। ग़ज़ल का मज़मून, आधी रात

की कैफ़ियत, पढ़ने वाले की हालत—ग़रज़ ये मालूम होता था कि सारी महफ़ल को साँप सूँघ गया है। इधर ये आलम तारी था, उधर मियाँ तिश्ना हाथ झटकते हुए और "कुछ भी नहीं, कुछ भी नहीं" कहते हुए उसी आलम-ए-बे-ख़ुदी में दरवाज़े से बाहर निकल गए। उनकी "कुछ भी नहीं, कुछ भी नहीं" की आवाज़ बड़ी देर तक कानों में गूँजती रही। जब ज़रा तबीअतें सँभलीं तो सबके मुँह से बे-इख़्तियार यही निकला कि "वाक़ई कुछ भी नहीं।"

मिर्ज़ा फ़ख़्रू ने शम्अ मँगाकर रौशन की और कहा, 'हाँ साहब फिर शुरू कीजिए।' शम्अ हाफ़िज़ मुहम्मद हुसैन "बिस्मिल" के सामने रखी गई। भला तिश्ना के बाद उनका क्या रंग जमता। अव्वल तो ये नौ-मश्क़ [नौसिखिया] हैं। मिर्ज़ा क़ादिर बख़्श साबिर से इस्लाह लेते हैं। दूसरे ग़ज़ल में भी कोई ख़ास बात न थी; अलबत्ता मक़्ता अच्छा था। ग़ज़ल मुलाहिज़ा हो :

*दिल तूने हमसे ओ बुत-ए-काफ़िर उठा लिया*
*इस नाज़ुकी पे बोझ ये क्योंकर उठा लिया*

*बार-ए-गरान-ए-इश्क़, फ़लक से न उठ सका*
*क्या जाने मेरे दिल ये क्योंकर उठा लिया*

*पीर-ए-मुग़ाँ ने बिस्मिल-ए-मयकश को देखकर*
*शीशा बग़ल में, हाथ में साग़र उठा लिया*

बहरहाल किसी ने सुना, किसी ने नहीं सुना। कुछ थोड़ी-बहुत तारीफ़ भी हुई और शम्अ मीर हुसैन तस्कीन के पास पहुँच गई। इनकी कोई चालीस बरस की उम्र होगी। सहबाई के शागिर्द हैं, मोमिन से भी इस्लाह ली है। इनका ख़ानदान देहली में बहुत मशहूर है। इन्ही के दादा मीर हैदर ने मीर

हुसैन अली वज़ीर-ए-फ़र्रुख़सियर को मारा था। सिपाही-पेशा आदमी हैं। शेर भी बुरा नहीं कहते। लिखा था :

*हज़ार तरह से करनी पड़ी तसल्ली-ए-दिल*
*किसी के जाने से गो ख़ुद नहीं क़रार मुझे*

*शब-ए-विसाल में सुनना पड़ा फ़साना-ए-ग़ैर*
*समझते काश वो अपना न राज़दार मुझे*

*वो अपने वादे पर महशर में जल्वा-फ़रमा हैं*
*नहीं है ज़ोफ़ से अंबोह में गुज़ार मुझे*

*मिरे क़ुसूर से दीदार में हुई ताख़ीर*
*न देखना था तमाशाए-रोज़गार मुझे*

*मज़े ये देखे हैं आग़ाज़-ए-इश्क़ में तस्कीन*
*कि सूझता नहीं अपना मआल-ए-कार मुझे*

ग़रज़ इस ग़ज़ल ने मुशायरे का रंग फिर दुरुस्त कर दिया और लोग ज़रा सँभलकर हो बैठे। उस्ताद एहसान के शागिर्द ख़्वाजा ग़ुलाम हुसैन बेदिल के सामने शम्अ आई। उन्होंने ये ग़ज़ल पढ़ी :

*निगह की, चश्म की, ज़ुल्फ़-ए-दोता की*
*सहे इक दिल जफ़ा किस-किस बला की*

*कब उस गुल की गली तक जा सके है*
*हवा बाँधी है यारों ने हवा की*

*बुतों से मिलते हो रातों को बेदिल*
*तुम्हें भी दिन लगे, क़ुदरत ख़ुदा की*

सारी की सारी ग़ज़ल फुसफुसी थी। भला इसकी कौन तारीफ़ करता। हाँ, इसके बाद जो ग़ज़ल मुहम्मद हुसैन साहब ताइब ने पढ़ी, उसमें मज़ा आ गया। ताइब मौलाना शाह अब्दुल अज़ीज़ मुहद्दिस देहलवी के भतीजे हैं और फ़ख़्रुश्शुअरा निज़ामुद्दीन ममनून के शागिर्द। छोटी बह्र में ऐसी ग़ज़ल लिखते हैं कि सुब्हान अल्लाह और पढ़ना तो ऐसा है कि तारीफ़ नहीं हो सकती। ग़ज़ल थी :

*फिर कताँ-वार जिगर चाक हुआ*
*फिर कोई माह-लक़ा याद आया*

*कहिए उस बुत को मुशाबे किसके*
*देखकर जिसको ख़ुदा याद आया*

*अहद-ए-पीरी में जवानी की उमंग*
*आह किस वक़्त में क्या याद आया*

दूसरे और तीसरे शेर पर तो ये हाल था कि लोग तारीफ़ें करते-करते और मियाँ ताइब सलाम करते-करते थके जाते थे। जब ज़रा जोश कम हुआ तो शम्अ उस्ताद ज़ौक़ के उस्ताद ग़ुलाम रसूल शौक़ के सामने आई। बेचारे बुड्ढे आदमी हैं, शाह नसीर के शागिर्द हैं। मस्जिद अज़ीज़ाबादी में इमामत करते हैं। शुरू-शुरू में उस्ताद ज़ौक़ ने इनको अपना कलाम दिखाया था, इसी बरते पर ये अपने आपको उनका उस्ताद कहा करते हैं, और अब भी चाहते हैं कि ज़ौक़ उसी तरह आकर मुझसे इस्लाह लिया करें। मुझे तो कुछ सठियाए हुए मालूम होते हैं। ग़ज़ल जो पढ़ी तो वाक़ई उसका मत्ला बड़े ज़ोर का था। बाक़ी अल्लाह अल्लाह ख़ैर सल्लाह :

*लिखा हुआ है ये उस मह-जबीं के पर्दे पर*
*नहीं है कोई अब ऐसा ज़मीं के पर्दे पर*

उस्ताद ज़ौक़ के छेड़ने को ग़ालिब, मोमिन, आज़ुर्दा, सहबाई—ग़रज़ जितने उस्तादान-ए-फ़न थे, सबने मियाँ शौक़ की बड़ी वाह-वाह की। वो समझे मेरे कलाम की तारीफ़ हो रही है, ये न समझे कि बना रहे हैं। ज़रा किसी ने वाह-वाह की और उन्होंने उस्ताद ज़ौक़ की तरफ़ देखकर कहा, 'देखा, शेर यूँ कहते हैं।' वो बेचारे हँसकर ख़ामोश हो जाते। उनके एक-आध शागिर्द ने जवाब देना भी चाहा मगर उन्होंने रोक दिया।

ख़ुदा-ख़ुदा करके उनसे फ़राग़त हुई तो शम्अ आज़ाद के सामने आई। इनका नाम एलेक्ज़ेंडर हेडले है। क़ौम के फ्रांसीसी हैं। देहली में पैदा हुए, यहीं तर्बियत पाई और यहीं से तोपख़ाने के कप्तान होकर अलवर गए। कोई इक्कीस साल की उम्र है। डॉक्टरी भी जानते हैं। शेर-ओ-सुख़न का बहुत शौक़ है, आरिफ़ के शागिर्द हैं। जहाँ मुशायरे की ख़बर सुनी और देहली में आ मौजूद हुए। लिबास तो वही फ़ौजी है मगर बातचीत उर्दू में करते हैं। ऐसी साफ़ उर्दू बोलते हैं, जैसे कोई देहली वाला बोल रहा है। शेर भी कुछ बुरे नहीं होते। एक फ्रांसीसी का उर्दू में ऐसे शेर कहना वाक़ई कमाल है। ग़ज़ल मुलाहिज़ा हो :

*वो गर्म-रौ-ए-राह-ए-मआसी हूँ जहाँ में*
*गर्मी से रहा नाम न दामन में तरी का*

*कुछ पाँव में ताक़त हो तो कर दश्त-नवर्दी*
*हाथों से मज़ा देख ज़रा जेब-दरी का*

*चहलुम को अयादत के लिए वो मिरी आए*
*आज़ाद ठिकाना भी है इस बे-ख़बरी का*

आज़ाद के बाद शम्अ दूसरी तरफ़ शुजाअत अली तसल्ली के पास आई। बेचारे ग़रीब-सूरत, फ़र्सूदा लिबास, कोई चौंसठ-पैंसठ बरस के आदमी हैं। शाह नसीर के बड़े चहेते शागिर्दों में थे। अपने ज़माने के जुरअत समझे जाते थे। अब बहुत दिनों से दुनिया से किनारा-कशी करके क़दम शरीफ़ में जा रहे हैं। मुशायरे की कशिश कभी-कभी उनको देहली खींच लाती है। पढ़ने का अंदाज़ भी निराला है। इस तरह पढ़ते हैं जैसे कोई बातें करता हो। ग़ज़ल देख लीजिए। ये मालूम होता है कि आशिक़-ओ-माशूक़ में सवाल-ओ-जवाब हो रहे हैं :

*कैसी ठोकर जुड़ी है हज़रत-ए-दिल*
*पाँव पर उसके सर धरो तो सही*

*जब कहा मैंने तुम पे मरता हूँ*
*तुम गले से मिरे लगो तो सही*

*बोले वो क्या मज़े की बातें हैं*
*ख़ैर है कुछ, परे हटो तो सही*

*ग़ैर की कल वो लग के छाती से*
*मुझसे कहने लगे, सुनो तो सही*

*इसलिए उसके हम गले से लगे*
*कि ज़रा जी में तुम जलो तो सही*

इस ग़ज़ल की जैसी तारीफ़ होनी चाहिए थी वैसी नहीं हुई, क्योंकि अब वो वक़्त आ गया था कि नींद के ख़ुमार से सर में चक्कर आने लगे थे और बुरे-भले की तमीज़ दुश्वार हो गई थी। इसके बाद जो एक-दो ग़ज़लें हुईं, वो बस हो गईं; न किसी ने शौक़ से सुना और न मज़ा आया।

मियाँ तसल्ली के बाद शोर ने ग़ज़ल पढ़ी। ये कोल के रहने वाले हैं। क़ौम के ईसाई हैं और नाम जॉर्ज पुइस है। ये मालूम नहीं किसके शागिर्द हैं। हाँ, अक्सर देहली आते-जाते रहते हैं। जो कुछ कह लेते हैं, बहुत ग़नीमत है। ग़ज़ल—

*आजिज़ था अपनी जान से ऐसा तिरा मरीज़*
*देखे से जिसके हालत-ए-ईसा तबाह थी*

*बलबे ये बे-ख़ुदी कि ख़ुदी से भुला दिया*
*वरना ये ज़ीस्त मर्ग की अपनी गवाह थी*

*दैर-ओ-हरम में तो न दे तरजीह ज़ाहिदा*
*जिस सिम्त सर झुका, वही बस सज्दा-गाह थी*

उनके बाद मुहम्मद अस्करी नालाँ की बारी आई। भला इस नव्वे बरस के बुड्ढे की आवाज़ नींद के ख़ुमार में किसी को क्या सुनाई देती! मुसहफ़ी के सबसे पहले शागिर्द हैं। अब तो उनको बस तबर्रुक समझ लो। शेर भी वही बावा-आदम के वक़्त के कहते हैं :

सहर के होने का दिल को ख़याल रहता है
शब-ए-विसाल भी दिल को मलाल रहता है

वो बदगुमाँ हों कि उस बुत के साये पर भी मुझे
रक़ीब ही का सदा एहतिमाल रहता है

मियाँ नालाँ ने पढ़ना ख़त्म ही किया था कि शम्अ मीर साहब के सामने पहुँच गई। शम्अ का रखना था कि हर शख़्स सँभलकर बैठ गया। बाज़ ने उँगलियों से आँखें मल डालीं। बाज़ ने कुर्ते के दामन से रगड़ीं, बाज़ उठ और पानी का छपका मुँह पर मार आ बैठे, कैसी नींद और कहाँ का सोना।

मीर साहब के नाम ने सबको चाक़-चौबंद कर दिया। मिर्ज़ा फ़ख़्रू अब तक एक पहलू पर बैठे थे उन्होंने भी पहलू बदला, उस्तादान-ए-फ़न के चेहरों पर मुस्कुराहट आई, नौजवानों में सरगोशियाँ होने लगीं। मीर साहब भी सफ़ से कुछ आगे निकल आए। मिर्ज़ा फ़ख़्रू ने कहा, 'मीर साहब ये ठीक नहीं। आप तो बीच में आकर पढ़िए।' ये कहकर चोबदार को इशारा किया। उसने दोनों शम्एँ उठा वस्त-ए-सेहन में रख दीं। मीर साहब भी अपनी जगह से उठ, शामियाने के ऐन सामने आ बैठे। भला देहली में कौन है जो मीर साहब को नहीं जानता। कौन-सा मुशायरा है जो उनकी वजह से चमक नहीं उठता। कौन-सी महफ़िल है जहाँ उनके क़दम की बरकत से रौनक़ नहीं आ जाती। उनका नाम तो शायद गिनती के चंद लोग जानते हों, हमने तो जब सुना उनका नाम मीर साहब ही सुना। कोई सत्तर बरस की उम्र है। बड़े सूखे-सहमे आदमी हैं; ग़लाफ़ी आँखें, तोते की चोंच जैसी नाक, बड़ा दहाना, लंबी दाढ़ी, बटिया-सा सर, ख़ुशख़ाशी बाल, गोरी रंगत, ऊँचा क़द—ग़रज़ उनके हुलिए को देहली के किसी बच्चे से भी पूछिए तो पूरा-पूरा पता दे। निहायत साफ़-सुथरा लिबास, सफ़ेद एक बर्का पाएजामा, सफ़ेद कुर्ता, उसपर सफ़ेद अँगरखा। सर पर अर्ख़चीं [अरक़चीं] टोपी। चेहरे पर मतानत बला की थी, मगर जब ग़ुस्सा आता था तो फिर किसी के सँभाले न सँभलते थे, छोटा हो या बड़ा, कोई उनसे बग़ैर मज़ाक़ के बात नहीं करता था। और ये भी तड़ से वो जवाब देते थे कि मुँह फिर जाए। इससे उनको ग़रज़ न थी कि जवाब हो भी गया या नहीं। मुशायरे में मियाँ तमकीन से ले बादशाह सलामत तक उनको छेड़ते थे। उन्होंने न इनका बुरा माना न उनका। जवाब देने में न इनसे रुके न उनसे। ग़ज़ल हमेशा फ़िल-बदीह पढ़ते थे। लिखकर लाने की कभी तकलीफ़ गवारा न की। ग़ज़ल में मिसरों के तवाज़ुन की ज़रूरत ही न थी। सिर्फ़ क़ाफ़िए और रदीफ़ से काम था। जो कुछ कहना हुआ, निहायत इत्मीनान से नस्र में बयान करना शुरू किया। बीच में दूसरों के एतिराज़ों का

जवाब भी देते रहे। जब कहते-कहते थक गए तो रदीफ़ और क़ाफ़िया ला, शेर को ख़त्म कर दिया। उन्होंने शेर पढ़ना शुरू किया और चारों तरफ़ से एतिराज़ों की बौछार हो गई। ये भला कब दबने वाली आसामी हैं, चौमुखा लड़ते। जब ज़बान से न दबा सकते तो ज़ोर में आकर खड़े हो जाते। ये खड़े हुए और किसी-न-किसी ने उनको बिठा दिया। मोतरिज़ को डाँटा, मीर साहब का दिल बढ़ाया और फिर वही एतिराज़ों का सिलसिला शुरू हुआ। और तो और मौलवी मम्लूकुल अली साहब को उनसे उलझने में मज़ा आता था। ये भी मौलवी साहब की वो ख़बर लेते थे कि अगर उनका कोई शागिर्द सुन लेता तो मदरसे से मौलवी साहब का सारा रोब-दाब रुख़्स्त हो जाता।

मीर साहब[20] ने शम्अ के सामने बैठते ही सारी महफ़िल पर एक नज़र डाली और कहा, 'हज़रात! मैं आज यहाँ हुदहुद की शान में एक क़सीदा सुनाऊँगा; अपने मुँह मियाँ मिट्ठू, ये अपनी तारीफ़ ख़ुद तो बहुत कर चुके हैं। अब ज़रा दिल लगाकर अपनी हज्व [ऐसा कलाम जिसमें किसी की निंदा की जाए] भी सुन लें।'

मियाँ हुदहुद से सब जले बैठे थे, अब जो सुना कि उनकी हज्व हो रही है और फिर वो भी मीर साहब के मुँह से, सबने कहा, 'हाँ, मीर साहब ज़रूर फ़रमाइए।' मियाँ हुदहुद, हकीम आग़ा जान ऐश के पिट्ठू थे और उन्हीं के बल पर फुदकते थे। अब जो हकीम साहब ने सुना कि मीर साहब हुदहुद की हज्व पर उतर आए हैं तो बहुत परेशान हुए। डर था कि कहीं मुझको भी न लपेट लें। दूसरा कोई हज्व करे तो जवाब भी दिया जाए। भला मीर साहब

20 ग़दर के बाद मीर साहब का इंतिक़ाल हुआ है। मियाँ काले साहब के फ़र्ज़ंद मियाँ निज़ामुद्दीन साहब के मकान पर जो मुशयरा होता था, उसमें भी शरीक होते थे। उस मुशायरे के देखने वाले अब भी देहली में बहुत मौजूद हैं। उन्हीं लोगों की ज़बानी मीर साहब के हालात मालूम हुए और दर्ज किए गए। तज़्किरों में तो उन बेचारों का क्यों ज़िक्र आने लगा।

की बह्र-ए-तवील का कौन जवाब दे सकता है। और तो कुछ बन न पड़ा। मियाँ हुदहुद को गाव-तकिए के पीछे ग़ायब कर दिया। अब जो मीर साहब उधर नज़र डालते हैं तो हुदहुद नदारद हैं। बहुत घबराए, इधर देखा उधर देखा। जब किसी तरफ़ नज़र न आए तो कहा, 'हज्व मुल्तवी करके अब मैं ग़ज़ल पढ़ता हूँ।' सबने कहा, 'हैं मीर साहिब!' ये आपने इरादा क्यों तब्दील फ़र्मा दिया, पढ़िए मीर साहब, ख़ुदा के लिए पढ़िए!! सौदा के बाद हज्व तो उर्दू ज़बान से उठ ही गई। अगर आप भी इस तरफ़ तवज्जोह न करेंगे तो ग़ज़ब हो जाएगा, ज़बान अधूरी रह जाएगी।'

मीर साहब ने कहा, 'ना भई ना! मियाँ हुदहुद होते तो हमको जो कुछ कहना था उनके मुँह पर कहते। उनके पीठ-पीछे उनको कुछ कहना हज्व नहीं ग़ीबत है और मैं ग़ीबत करने वालों पर लानत भेजता हूँ।' जब मीर साहब का ये रंग देखा तो हकीम आग़ा जान के दम में दम आया। उन्होंने भी इस हज्व और ग़ीबत के फ़र्क़ के मुताल्लिक़ चंद मुनासिब अलफ़ाज़ कहे और ख़ुदा-ख़ुदा करके ये आई बला टली।

अब मीर साहब ने ग़ज़ल शुरू की। क्या पढ़ा, ख़ुदा ही बेहतर जानता है। बस इतना तो मालूम हुआ कि "तैर-पैर-ख़ैर" क़ाफ़िया और "है" रदीफ़ है। इसके इलावा मैं तो क्या, ख़ुद मीर साहब भी नहीं बता सकते कि उन्होंने क्या पढ़ा और मज़मून क्या था। जहाँ क़ाफ़िया और रदीफ़ आई लोगों ने समझ लिया कि शेर पूरा हो गया और तारीफ़ें शुरू हुईं। किसी ने एक-आध एतिराज़ भी जड़ दिया। एतिराज़ हुआ और मीर साहब बिगड़े। उनके बिगड़ने में सबको मज़ा आता था। एतिराज़ों और मीर साहब के जवाबों का रंग भी देख लीजिए। ग़ज़ल में मीर साहब ने जो एक मिसरे को खींचना शुरू किया तो इतना खींचा, इतना खींचा कि शैतान की आँत हो गया। मौलवी मम्लूकुल अली साहब ने कहा, 'अजी मीर साहब! ये मिसरा बह्र-ए-तवील में जा पड़ा।' मीर साहब ने

कहा, 'मौलवी साहब! कभी बह्र-ए-तवील देखी भी है या यूँही सुनी-सुनाई बातों पर एतिराज़ ठोंक दिया। पहले मुतव्वल[21] पढ़िए मुतव्वल, जब मालूम होगा कि बह्र-ए-तवील किसको कहते हैं।' मौलवी साहब बड़े चकराए। कहने लगे, 'मीर साहब! भला मुतव्वल को बह्र-ए-तवील से क्या वास्ता? मारो घुटना फूटे आँख। आपका जो जी चाहता है कह जाते हैं।' मीर साहब को अब किसी हिमायती की तलाश हुई, मौलाना सहबाई की तरफ़ देखा। उन्होंने कहा, 'मौलवी साहब मुतव्वल में बह्र-ए-तवील की बह्रें नहीं हैं तो और क्या है? आप भी हमारे मीर साहब को अपनी इल्मियत के दबाव से ख़ामोश कर देना चाहते हैं।' बस इतनी मदद मिलनी थी कि मीर साहब शेर हो गए। कहने लगे, 'जी हाँ मौलवी साहब! आप समझते होंगे कि आपके सिवा किसी ने मुतव्वल पढ़ी ही नहीं। अजी हज़रत! मैं तो रोज़ाना उसके दो दौर करता हूँ। कल ही उसकी एक बह्र में ग़ज़ल लिखने बैठा था, लिखते-लिखते थक गया। एक मिसरा कोई पौने दो सौ सफ़े पर लिखा। ये तो कहो कि बयाज़ के सफ़्हे ही ख़त्म हो गए जो मिसरा ख़त्म हुआ, वरना ख़ुदा मालूम और कहाँ तक जाता।' मिर्ज़ा नौशा ने कहा, 'मीर साहब आप सच फ़रमाते हैं। हमारे मौलवी साहब ने बह्र-ए-तवील कहाँ देखी; मुझसे पूछो, मेरे भतीजे ख़्वाजा अमान को जानते हो? उसने एक किताब "बोसतान-ए-ख़याल" लिखी है। ये-ये बड़ी और ये-ये मोटी बारह जिल्दें हैं, बह्र-ए-तवील के बस बारह मिसरों में सारी जिल्दें ख़त्म हो गई हैं। आपका मिसरा बह्र-ए-तवील में नहीं, रुबाई की बह्र में है।' मीर साहब ने बड़े ज़ोर से "हैं" की और बिगड़कर कहा, 'वाह मिर्ज़ा साहिब!' सीधे चलते-चलते आप भी भटक गए। रुबाई की बह्रें आपको मालूम भी हैं? भला बताइए तो सही

21 इल्म-ए-मआनी और बलाग़त पर अल्लामा तफ़्ताज़ानी की एक मशहूर तस्नीफ़ का नाम *मुतव्वल* है।

कौन-सी किताब में हैं?' ये ज़रा टेढ़ा सवाल था। मिर्ज़ा ग़ालिब ज़रा चुप हुए तो ख़ुद मीर साहब ने कहा, 'मैं तो पहले ही जानता था कि आपने ज़बरदस्ती एतिराज़ कर दिया है। मिर्ज़ा साहिब!' अर्बईन[22] पढ़िए जब मालूम होगा कि रुबाई की बह्रें कौन-कौन-सी हैं।'

ग़रज़ इसी तरह की ख़ुश-मज़ाक़ी में कोई घंटा भर गुज़र गया। हँसते-हँसते जो आँसू निकले, उन्होंने नींद के ख़ुमार से आँखें साफ़ कर दीं और ऐसा मालूम होने लगा गोया मुशायरे का दूसरा दौर शुरू हो रहा है और सब लोग ताज़ा-दम अभी आकर बैठे हैं। जब लोग एतिराज़ करते-करते और मीर साहब जवाब देते-देते थक गए तो एक दफ़ा ही मीर साहब ने कहा, 'हज़रात! ग़ज़ल ख़त्म हुई।' सबने कहा, 'मीर साहब! अभी मक़्ता तो आया ही नहीं, बे-मक़्ता की ये कैसी ग़ज़ल?' मीर साहब ने फ़रमाया, 'मक़्ते की उस शायर को ज़रूरत है जो बताना चाहे कि ये ग़ज़ल मेरी है हमें इसकी ज़रूरत नहीं। हमारी ग़ज़ल की यही पहचान है, जहाँ शुरू की बस मालूम हो गया कि ये मीर साहब के सिवा और किसी की नहीं हो सकती।' ये कहते-कहते उन्होंने जुज़्दान [बस्ता] गिर्दाना और अपनी जगह आ बैठे। एक शम्अ उठाकर मीर साहब के ऐन मुक़ाबिल के शायर मिर्ज़ा जमइय्यत शाह माहिर के सामने रख दी गई। ये शाह आलम बादशाह ग़ाज़ी अनारुल्लाह बरहाना के पोते और साबिर के शागिर्द हैं। कलाम साफ़ और ज़बान बड़ी मीठी है। लिखा था :

*हम भी ज़रूर काबे को चलते पर अब तो शेख़*
*क़िस्मत से बुतकदे ही में दीदार हो गया*

---

22 अर्बईन फ़ी उसूलुद्दीन हज़रत इमाम ग़ज़ाली [रहमतुल्लाह आलेह] की एक मशहूर तस्नीफ़ है, जिसको मीर साहब ने रुबाइयों की बह्रों से मुताल्लिक़ कर दिया।

*नासेह की बात सुनने का किसको यहाँ दिमाग़*
*तेरा ही ज़िक्र था कि मैं नाचार हो गया*

*ऐ हमनशीं वो हज़रत-ए-माहिर न हों कहीं*
*एक पारसा सुना है कि मयख़्वार हो गया*

मीर साहब के कलाम ने सबकी आँखों से नींद का ख़ुमार उतार दिया था, इसलिए ग़ज़ल की जैसी चाहिए वैसी तारीफ़ हुई और मियाँ माहिर को मेहनत का पूरा-पूरा सिला मिल गया।

उनके बाद शम्अ क़ाज़ी नजमुद्दीन बर्क़ के सामने आई। ये सिकंदराबाद के रहने वाले हैं। कोई बीस-बाईस बरस की उम्र है। सर पर लंबे-लंबे बाल, साँवली रंगत, उसमें सब्ज़ी झलकती हुई, ऊँचा क़द, वजीह सूरत, सफ़ेद ग़रारेदार पाएजामा, सफ़ेद अँगरखा, दो पलड़ी टोपी, बड़े ख़ुश-मिज़ाज, शीरीं-कलाम, हँसमुख, बज़्ला-संज [विनोदी], वारस्ता-मिज़ाज [मनमौजी], रिंद-मशरब [बहुत अधिक शराब पीनेवाला] आदमी हैं। पहले मोमिन ख़ाँ के शागिर्द थे फिर उनके ईमा से मियाँ तस्कीन को कलाम दिखाने लगे। आवाज़ बड़ी दिलकश और तर्ज़-ए-अदा ख़ूब है। ग़ज़ल भी ऐसी पढ़ी कि वाह वाह कहते हैं :

*बज़्म-ए-अग़्यार है, डर है न ख़फ़ा तू हो जाए*
*वरना इक आह मैं खींचूँ तो अभी हू हो जाए*

*हरम-ओ-दैर के झगड़े तिरे छुपने से पड़े*
*वरना तू परदा उठा दे, तो तू ही तो हो जाए*

*कुछ मज़ा है ये तिरे रूठ के मन जाने का*
*चाहता हूँ यूँ ही हर रोज़ ख़फ़ा तू हो जाए*

*तू तो जिस ख़ाक को चाहे वो बने बंदा-ए-पाक*
*मैं ख़ुदा किसको बनाऊँ जो ख़फ़ा तू हो जाए*

*आप इन्कार करें, वस्ल से मैं दर-गुज़रा*
*कुछ तो हो जिससे तबीअत मिरी यकसू हो जाए*

*हो न हो बस में कोई, कुछ नहीं उसकी परवा*
*दिल-ए-बे-ताब पे ऐ बर्क़ जो क़ाबू हो जाए*

अल्लाह-अल्लाह! दर-ओ-दीवार से बे-ख़ुदी बरस रही थी। जब ये मिसरा पढ़ा कि :

*मैं ख़ुदा किसको बनाऊँ जो ख़फ़ा तू हो जाए*

तो सारी महफ़िल पर एक मस्ती-सी छा गई और तो और उस्तादान-ए-फ़न की भी ये हालत थी कि बार-बार शेर पढ़वाते, ख़ुद पढ़ते और मज़े लेते थे।

अभी उनकी तारीफ़ें ख़त्म न हुई थीं कि शम्अ मिर्ज़ा मँझले अल-तख़ल्लुस-ब-फ़ुसूँ के सामने रखी गई। ये नौ-जवान आदमी हैं। मिर्ज़ा करीम बख़्श मरहूम के फ़र्ज़ंद और हज़रत ज़िल्ले-सुब्हानी के नवासे हैं। उनका क्या कहना, ज़बान तो इनके घर की लौंडी है, गाकर ग़ज़ल पढ़ते हैं—पढ़ते क्या हैं, जादू करते हैं। उनकी ग़ज़ल के दो शेर लिखता हूँ :

*अल्लाह रे जज़्बा-ए-दिल-ए-मुज़्तर कि तीर का*
*बाहर हमारे पहलू के सोफ़ार भी नहीं*

*कुछ आप ही आप दिल ये मिरा बैठा जाए है*
*ज़ाहिर में तो इलाही मैं बीमार भी नहीं*

दूसरे शेर में अलफ़ाज़ क्या बिठाए हैं, नगीने जड़ दिए हैं। आख़िर क्यों न हो, क़िले के रहने वाले हैं।

उनके बाद सीधी जानिब से शम्अ सरककर लाला बालमुकुंद हुज़ूर के सामने आई। ये ज़ात के खत्री और ख़्वाजा मीर दर्द के शागिर्द हैं। कोई सत्तर-अस्सी बरस का सिन है। सफ़ेद नूरानी चेहरा, उसपर सफ़ेद लिबास, बग़ल में अँगोछा, कंधों पर सफ़ेद कश्मीरी रूमाल। बस जी चाहता था कि उनको देखे ही जाइए। शम्अ सामने आई तो उन्होंने उज्र किया कि मैं अब सुनाने के काबिल नहीं रहा, सुनने के क़ाबिल रह गया हूँ। जब सभों ने इसरार किया तो उन्होंने ये क़ित्‌आ पढ़ा :

*न पाँव में जुंबिश, न हाथों में ताक़त*
*जो उठ खींचें दामन हम उस दिलरुबा का*
*सर-ए-राह बैठे हैं और ये सदा है*
*कि अल्लाह वाली है बे-दस्त-ओ-पा का*

क़ित्‌आ इस तरह पढ़ा कि ख़ुद तस्वीर हो गए। "न पाँव में जुंबिश" कहते हुए उठे मगर पाँव ने यारी न की, लड़खड़ाकर बैठ गए। "न हाथों में ताक़त" कहकर हाथ उठाए मगर ज़ोफ़ से वो भी कुछ यूँ ही उठकर रह गए। दूसरा मिसरा ज़रा तेज़ पढ़ा। तीसरा मिसरा पढ़ते वक़्त इस तरह बैठ गए जैसे कोई बे-दस्त-ओ-पा सर-ए-राह बैठकर सदा लगाता है और एक दफ़ा ही दोनों आँखों को आसमान की तरफ़ उठाकर चौथा मिसरा पढ़ा तो ये मालूम होता था गोया सारी मज्लिस पर जादू कर दिया। हर एक के मुँह से तारीफ़ के बजाए बे-साख़ता यही निकल गया :

*कि अल्लाह वाली है बे-दस्त-ओ-पा का*

उस्ताद ज़ौक़ ने कहा, 'उस्ताद! ये ख़ुदा की देन और ख़्वाजा मीर दर्द का फ़ैज़ है। सुब्हान अल्लाह! क्या मुअस्सिर कलाम है। हम दुनियादारों में ये असर पैदा होने के लिए मीर दर्द जैसा उस्ताद चाहिए।'

इस कलाम के बाद मिर्ज़ा ग़ुलाम मुहीउद्दीन अश्की की ग़ज़ल भला कौन सुनता। ये शाह आलम बादशाह ग़ाज़ी के पोते हैं। कोई चालीस साल की उम्र है। ऊँचा क़द, सफ़ेद-पोश, सिक़ा-सूरत आदमी हैं। पहले निज़ामुद्दीन ममनून से इस्लाह लेते थे। अब मुफ़्ती सदरुद्दीन के शागिर्द हो गए हैं। लिखा था :

*कुछ वज्द नहीं नग़मा-ए-मुतरिब ही पे मौक़ूफ़*
*काफ़ी है यहाँ नाला-ए-बे-रब्त दिरा का*

*सज्दे में गिरे देखकर तस्वीर-ए-बुत अश्की*
*मालूम हुआ आपका ख़िरक़ा था रिया का*

उनके बाद शम्अ साहबज़ादा अब्बास अली ख़ाँ बे-ताब के सामने आई। तीस-बत्तीस बरस का सिन होगा। रामपूर के रहने वाले और मोमिन ख़ाँ के शागिर्द हैं। नवाब मुस्तफ़ा ख़ाँ शेफ़्ता से बड़ी दोस्ती है, उन्हीं के साथ मुशायरे में आ गए थे। बड़ी ऊँची आवाज़ में ग़ज़ल पढ़ी। ऐसा मालूम होता था कि तह्तुललफ़्ज़ पढ़ रहे हैं। ग़ज़ल तो कुछ अच्छी न थी मगर क़ित्आ ऐसा था कि तारीफ़ नहीं हो सकती। मयख़ाने की तक़्सीम ऐसी ख़ूबी से की थी कि सुब्हान अल्लाह! हाय, लिखा है :

*मामूर है ख़ुदा की इनायत से मयकदा*
*साक़ी अगर नहीं है, न हो, मय से काम है*

*बे-ताब पी, ख़ुदा ने तुझे भी दिए हैं हाथ*
*ये ख़ुम है, ये सुबू है, ये शीशा, ये जाम है*

भला ऐसे बड़े मुशायरे में मिर्ज़ा फ़ख़्रुद्दीन हशमत को पढ़ना क्या ज़रूर था। न कलाम ही अच्छा न पढ़ने की तर्ज़ ही अच्छी, मगर उनको रोक कौन सकता था। शहज़ादे थे, और वो भी शाह आलम बादशाह के पोते; ख़ैर पढ़ लिया और भाई-बंदों ने तारीफ़ें भी कर दीं, ख़ुश हो गए। ग़ज़ल ये थी :

*तिरे बीमार-ए-हिज्राँ का तिरे बिन*
*ये आलम है कि आलम नौहागर है*

*मुझे रोते जो देखा, हँस के बोले*
*मिरे हशमत बता क्यों चश्म तर है*

हाँ उनके बाद जिसके सामने शम्अ आई, वो नौजवान सही मगर शायर है और ऐसा शायर होगा कि हिंदोस्तान भर में नाम करेगा। भला कौन-सा मुशायरा है जिसमें मिर्ज़ा क़ुर्बान अली बेग सालिक की ग़ज़ल शौक़ से नहीं सुनी जाती और कौन-सा शेर होता है जो बार-बार नहीं पढ़वाया जाता। जो एक दफ़ा भी किसी मुशायरे में गया है वो उनको दूर से पहचान लेगा। छोटा-सा क़द, दुबले-पुतले हाथ-पाँव, मोटी-सी नाक, छोटी-छोटी आँखें, मोटी जिल्द, गंदुमी रंग, उसपर चेचक के दाग़, छिदरी छोटी-सी दाढ़ी, कल्लों पर कम, ठोढ़ी पर ज़रा ज़्यादा, सर पर ख़ुशख़ाशी बाल, कोई तीस साल की उम्र। बस बुख़ारा के तुर्क मालूम होते हैं, हाँ लिबास उन लोगों से मुख़्तलिफ़ है। नीची चोली का अँगरखा, तंग मोहरी का पाएजामा, सर पर सफ़ेद गोल टोपी। हाथ में सफ़ेद लट्ठे का रूमाल। शम्अ

का उनके सामने आना था कि सब सँभलकर बैठ गए। उन्होंने भी अँगरखे की आस्तीन उलट, टोपी को अच्छी तरह जमा, अपने उस्ताद मिर्ज़ा ग़ालिब की तरफ़ देखा। उधर से मुस्कुराकर कुछ इशारा हुआ तो उन्होंने साहिब-ए-आलम की तरफ़ देखकर अर्ज़ की, 'इजाज़त है?' मिर्ज़ा फ़ख़्रू ने कहा, 'हाँ सालिक! पढ़ो, आख़िर इसमें इजाज़त की ज़रूरत ही क्या है।' सालिक ने जेब में से काग़ज़ निकाला, कुछ उलटा-पलटा, फिर एक-बार सँभलकर कहा, अर्ज़ किया है :

*इंतिहा सब्र-आज़माई की*
*है दराज़ी शब-ए-जुदाई की*

*है बुराई नसीब की कि मुझे*
*तुमसे उम्मीद है भलाई की*

*नक़्श है संग-ए-आस्ताँ पे तिरे*
*दास्तान अपनी जब्हा-साई की*

*है फ़ुग़ाँ बाद-ए-इम्तिहान-ए-फ़ुग़ाँ*
*फिर शिकायत है ना-रसाई की*

*क्या न करता विसाल शादी-ए-मर्ग*
*तुमने क्यों मुझसे बे-वफ़ाई की*

*राज़ खुलते गए मरे सब पर*
*जिस क़दर उसने ख़ुद-नुमाई की*

*कितने आजिज़ हैं हम कि पाते हैं*
*बंदे बंदे में बू ख़ुदाई की*

*रह गईं दिल में हसरतें सालिक*
*आ गई उम्र पारसाई की*

एक-एक शेर पर ये आलम था कि मज्लिस लूटी जाती थी, एक-एक शेर कई-कई बार पढ़वाया जाता था, एक-एक लफ़्ज़ पर तारीफ़ें होतीं और एक-एक बंदिश की दाद मिलती। उस्ताद ज़ौक़ ने तीसरे शेर पर कहा, 'वाह मियाँ सालिक! क्या कहना है!! सब ही जब्हा-साई बाँधते आए हैं, तुम्हारी दास्तान को कोई नहीं पहुँचा। क्या कलाम है, क्या रवानी है, सुब्हान अल्लाह!!!' हकीम मोमिन ख़ाँ ने कहा, 'मियाँ सालिक! ये जवानी और मक़्ते में बुढ्ढा मज़मून! तुम्हारी "उम्र-ए-पारसाई" को बहुत दिन पड़े हैं, अभी से बुड्ढों की-सी बातें न किया करो।' मियाँ सालिक ने जवाब दिया, 'उस्ताद! मैं तो जवानी ही में बुढ्ढा हो गया। देखिए बुढ़ापा देखना नसीब भी होता है या नहीं, फिर दिल में आए हुए मज़मून क्यों छोड़ूँ। बाद में ये कौन देखता फिरेगा कि ये शेर बुड्ढे ने कहा था या जवान ने। हम न रहेंगे मज़मून रह जाएगा।'

जब तारीफ़ों का सिलसिला ज़रा रुका तो शम्अ मिर्ज़ा रहीमुद्दीन ईजाद के सामने आई। ये शहज़ादे मिर्ज़ा हुसैन बख़्श के साहबज़ादे और मौलाना सहबाई के शागिर्द हैं। कोई चौबीस-पच्चीस साल की उम्र है। शेर कहते हैं, मगर फीके; हाँ पढ़ते बहुत अच्छी तरह हैं। गाना ख़ूब जानते हैं। उनकी आवाज़, शेर की कमज़ोरी ज़ाहिर होने नहीं देती :

*बुतख़ाने में था या कि मैं काबे के क़रीं था*
*ऐ ज़ाहिद-ए-नादाँ तुझे क्या है मैं कहीं था*

*हर चंद कि मैं दोस्त के हमराह नहीं था*
*पर दिल वो बला है वो जहाँ था ये वहीं था*

*तोड़ा है ये कुछ आपको मैंने कि जहाँ में*
*साबित न रहा नाम का जो मेरे नगीं था*

ग़ज़ल में तो क्या ख़ाक मज़ा आता, हाँ उनके गाने में मज़ा आ गया। गाकर पढ़ने का ये नया रंग क़िले से चला है, मगर उस्तादान-ए-फ़न इसको पसंद नहीं करते।

उनके बाद शम्अ नवाब अलाउद्दीन ख़ाँ इलाई के सामने आई। उन्होंने बहुत ऊँची आवाज़ में अपनी ग़ज़ल सुनाई। मिर्ज़ा ग़ालिब के बड़े चहेते शागिर्द हैं। अभी नौ-उम्र हैं। शेर अच्छा कहते हैं। क्यों न हो, किसके शागिर्द हैं। ग़ज़ल देख लो, उस्ताद का रंग ग़ालिब है :

आवारगान-ए-गुलकदा-ए-आज़-ओ-आरज़ू
हाशा अगर तुम्हें सर-ए-सैर-ओ-फ़राग़ है

रखियो सँभल के पाँव, जो बीना हो चश्म-ए-दिल
कीजो समझ के काम जो रौशन दिमाग़ है

वो गुल जो आज है क़दह-ए-मौज-ख़ेज़-ए-रंग
वो लाला जो कि बाग़ का चश्म-ओ-चराग़ है

गुल चोर कल है संग-ए-जफ़ाए-सपहर से
गोया कि ग़मकदे का शिकस्ता अयाग़ है

और लाला तुंद बाद-ए-हवादिस से ख़ाक-ओ-ख़ूँ
गोया दिल-ओ-जिगर का किसी के वो दाग़ है

जिस जा कि था तराना-ए-बुलबुल नशात-ख़ेज़
उस जा पे आज दिल-शिकन आवाज़-ए-ज़ाग़ है

*मग़रूर-ए-जाह से ये कहो तुम इलाइया*
*कल एक सत्ह-ए-ख़ाक है जो आज बाग़ है*

इलाई के पास से शम्अ का हटकर सामने आना था कि मिर्ज़ा करीमुद्दीन रसा सँभलकर बैठ गए। एक बड़ी लंबी ग़ज़ल पढ़ी, मगर सारी की सारी बे-मज़ा। न अलफ़ाज़ की बंदिश अच्छी, न मज़ामीन में कोई ख़ूबी। ताक़ीदों से उलझन पैदा होती थी और रिआयत-ए-लफ़्ज़ी से जी घबराता था। उनके बस दो ही शेर नमूने के तौर पर लिख देना काफ़ी समझता हूँ :

*बाज़ आ, सता तू मुझको बहुत इशवागर नहीं*
*करता किसी पे ज़ुल्म कोई इस क़दर नहीं*

*गो नज़ा में हूँ मैं तिरे बिन आए जान-ए-मन*
*करने की जान भी मिरे तन से सफ़र नहीं*

ये पढ़ चुके तो नवाब ज़ियाउद्दीन ख़ाँ नय्यर-ओ-रख़्शाँ के पढ़ने की बारी आई। फ़ारसी के शेर ख़ूब कहते हैं, उर्दू की ग़ज़लें ज़रा फीकी होती हैं। लिखा था :

*पी के गिरने का है ख़याल हमें*
*साक़िया लीजियो सँभाल हमें*

*शब न आए जो अपने वादे पर*
*गुज़रे क्या क्या न एहतिमाल हमें*

*दिल में मुज़्मिर हैं मानी-ए-बाक़ी*
*किसी सूरत नहीं ज़वाल हमें*

*तेरे ग़ुस्से ने एक दम में किया*
*मुर्दा-ए-नुह हज़ार साल हमें*

*ताले-बद से नय्यर-ए-रख़्शाँ*
*अपने ही घर में है वबाल हमें*

उनके बाद शम्मा मिर्ज़ा प्यारे रिफ़अत के सामने आई। ये सलातीनज़ादे हैं। बटेरें लड़ाने का बड़ा शौक़ है। शेर भी ख़ूब कहते हैं, पढ़ते भी ख़ूब कहते हैं। पहले एहसान के शागिर्द थे। अब मौलाना सहबाई से तलम्मुज़ है, कोई चालीस की उम्र होगी। लिखा था :

*बसान-ए-ताइर-ए-रंग-ए-परीदा वहशत से*
*किसे दिमाग़ है अब आशियाँ बनाने का*

*न उज़्र था हमें होने में ख़ाक के, गर हम*
*ये जानते कि वो दामन नहीं बचाने का*

*गुँधी थी कौन से बदमस्त-ए-तिश्नालब की वो ख़ाक*
*कि जिससे ख़ुम ये बना है शराब-ख़ाने का*

*ब-ज़ौक़, नाज़ को दे रुख़्सत-ए-जफ़ा कि यहाँ*
*हमें भी अज़्म है ताक़त के आज़माने का*

*हैं एक वो भी कि तुमसे है जिनको राज़-ओ-नयाज़*
*और एक हम हैं कि तकते हैं मुँह ज़माने का*

आख़िरी शेर में मायूसी की जो तस्वीर खींची है, उसकी तारीफ़ नहीं हो सकती। कोई न था जो इस शेर के दूसरे मिसरे को पढ़-पढ़कर न झूमता हो और बार-बार "वाह-वाह" और "सुब्हान अल्लाह" न कहता हो। होते-होते मियाँ आरिफ़ का नंबर आ ही गया। भला इनको मुशायरे के इंतिज़ाम से कब फ़ुर्सत थी जो ग़ज़ल लिखते, फिर भी चलते-फिरते कुछ लिख ही

लिया था, वही पढ़ दिया। इस दिन-रात की गर्दिश के बाद इतना भी लिख लेना कमाल है। ग़ज़ल थी :

*उठता क़दम जो आगे को ऐ नामाबर*
*पीछे तो छोड़ आए कहीं उसका घर नहीं*

*औरों को हो तो हो, हमें मरने से डर नहीं*
*ख़त ले के हम ही जाते हैं गर नामाबर नहीं*

*बे-इल्तिफ़ातियों का तिरी शिकवा क्या करें*
*अपने ही जब कि नाला-ए-दिल में असर नहीं*

मत्ले की सबने तारीफ़ की। उस्ताद एहसान ने कहा, 'मियाँ आरिफ़! मैं भी शेर कहते-कहते बुड्ढा हो गया हूँ। लाखों शेर सुने, लाखों सुनाए, मगर ये मज़मून बिल्कुल नया है और किस ख़ूबी से अदा किया गया कि दिल ख़ुश हो गया।'

मियाँ आरिफ़ के बाद शम्अ मिर्ज़ा ग़ुलाम नसीरुद्दीन उर्फ़ मिर्ज़ा मँझले के सामने आई। ये शहज़ादे हैं, एहसान के शागिर्द हैं और "क़नाअत" तख़ल्लुस करते हैं। ग़ज़ल ख़ासी कहते हैं। मैं तो यही कहूँगा कि शहज़ादों में बहुत कम ऐसे शायर होंगे। ग़ज़ल थी :

शौक़ को कसरत-ए-नज़्ज़ारा से रश्क आता है
हश्र से पहले मयस्सर हो वो दीदार मुझे

काबे तक जाने में थी ख़ातिर-ए-ज़ाहिद वरना
दैर में भी थी सदा रुख़्स्त-ए-दीदार मुझे

जिंस-ए-दुज़्दीदा के मानिंद है उलझाव में जान
कि न लेता है न फेरे है ख़रीदार मुझे

राज़-ए-दिल लब पे न लाना कभी मंसूर कि याँ
कर दिया बात के कहने ने गुनहगार मुझे

शम्अ का हकीम आग़ा जान ऐश के सामने आना था कि लोगों में सरगोशियाँ शुरू हुईं। हकीम साहब बादशाही और ख़ानदानी तबीब [वैद्य] हैं। ज़ेवर-ए-इल्म से आरास्ता और लिबास-ए-कमाल से पैरास्ता। साहिब-ए-अख़्लाक़, ख़ुश-मज़ाक़, शीरीं-कलाम, शगुफ़्ता-सूरत। जब देखो ये मालूम होता है कि मुस्कुरा रहे हैं। तबीअत ऐसी ज़रीफ़-ओ-लतीफ़ और लतीफ़ा-संज [चुटकुले सुनाकर हँसानेवाला] पाई है कि सुब्हान अल्लाह! मियाना क़द, ख़ुश-अंदाम, सर पर एक-एक उँगल बाल सफ़ेद, ऐसी ही दाढ़ी, इस गोरी सुर्ख़-ओ-सफ़ेद रंगत पर क्या भली मालूम होती है। गले में मलमल का कुर्ता, जैसे चंबेली का ढेर पड़ा हँस रहा है। मगर कुछ दिनों से उनके दोस्त उनसे भी ज़रा खिंच गए थे। मियाँ हुदहुद को पालकर उन्होंने सबसे बिगाड़ ली। शुरू-शुरू में तो उसकी वाही-तबाही बातों पर किसी ने ध्यान नहीं किया, लेकिन जब उसने उस्तादों पर हमले शुरू किए, उस वक़्त हुदहुद के साथ ही हकीम साहब से भी लोगों को कुछ नफ़रत-सी हो गई। ग़ज़ब ये किया कि अजमेरी दरवाज़े वाले मुशायरे में ख़ुद उन्होंने मिर्ज़ा नौशा पर खुला हुआ हमला कर दिया, एक क़ित्आ लिखा था कि :

*अगर अपना कहा तुम आप ही समझे तो क्या समझे*
*मज़ा कहने का जब है, इक कहे और दूसरा समझे*
*कलाम-ए-मीर समझे और ज़बान-ए-मीरज़ा समझे*
*मगर इनका कहा, ये आप समझें या ख़ुदा समझे*

मौलवी मम्लूकुल अली ने कहा, 'हकीम साहब शेर के समझ में न आने की दो ही सूरतें हैं, या तो शेर ही बेमानी है या समझने वाले के दिमाग़ का क़ुसूर है। हम सब तो उनके शेर को समझते हैं, फिर अपने साथ हम

ग़रीबों को क्यों लपेट लिया।' मोमिन ख़ाँ ने कहा, 'भई! मुझे तो इस क़िते के तीसरे मिसरे में भी शायराना तअल्ली मालूम होती है।' बहरहाल बड़ी मुश्किल से मुआमला रफ़ा-दफ़ा हुआ। उस मारके के बाद ये दूसरा मौक़ा था कि हकीम साहब मुशायरे में तशरीफ़ लाए थे। मीर साहब ने हुदहुद के मुक़ाबले में एलान-ए-जंग किया था, वो सन चुके थे; अब लोगों में जो कानाफूसी होने लगी, उससे और भी परेशान हुए, पढ़ने में ताम्मुल किया। आख़िर मिर्ज़ा फ़ख़्रू के इसरार पर ये ग़ज़ल पढ़ी :

*सुल्ह उनसे हमें किए ही बनी*
*दिल पे झगड़ा था दिल दिये ही बनी*

*ज़ोहद-ओ-तक़्वा धरे रहे सारे*
*हाथ से उसके मय पिए ही बनी*

*लाए वो साथ ग़ैर को नाचार*
*पास अपने बिठा लिए ही बनी*

*किसका था पास-ए-शौक़-ए-ज़ुल्म ऐ ऐश*
*उन जफ़ाओं पे भी जिए ही बनी*

जब ऐसी ग़ज़ल हो तो भला कौन तारीफ़ न करे। सल्लि-अला के शोर और सुब्हान अल्लाह की आवाज़ों ने पढ़ने वाले और सुनने वाले—दोनों के दिलों से ग़ुबार-ए-कुदूरत दूर कर दिया और हकीम साहब वही हकीम साहब हो गए जो पहले थे, न उनसे किसी को रंज रहा और न उनको किसी से मलाल। हाँ अगर पहले कहीं मियाँ हुदहुद कुछ चर्क जाते तो ख़ुदा मालूम मुशायरे का क्या रंग हो जाता। वो तो ख़ुदा भला करे हमारे मीर साहब का, उन्होंने पहले ही इस पखेरू की ज़बान बंद कर दी। ख़ैर, रसीदा बूद बुलाए वले ब-ख़ैर गुज़िश्त।

हकीम साहब के बाद मिर्ज़ा रहीमुद्दीन हया का नंबर आया। ये वही मियाँ हया हैं जिनकी तारीफ़ मुशायरे में आते ही उनके वालिद साहब क़िब्ला मिर्ज़ा करीमुद्दीन रसा ने फ़रमाई थी। बड़े ख़ुश-तबा, ज़हीन, नेक-फ़ितरत, बदीह-गो और ज़रीफ़ आदमी हैं। कोई पैंतीस-छत्तीस साल की उम्र है। अक्सर बनारस में रहते हैं, कभी-कभी देहली चले आते हैं। शक्ल तो बिल्कुल शाहज़ादों की है मगर दाढ़ी मुंडी हुई और लिबास लखनऊ वालों का है। पहले अपने वालिद के शागिर्द हुए, फिर शाह नसीर से इस्लाह ली, अब अपना कलाम उस्ताद ज़ौक़ को दिखाते हैं। शतरंज बे-मिस्ल खेलते हैं। पहले हकीम अशरफ़ अली ख़ाँ से सीखी, अब मोमिन ख़ाँ को घेरे रहते हैं। सितार ऐसा बजाते हैं कि सुब्हान अल्लाह! शायर भी अच्छे हैं मगर मेहनत नहीं करते। ज़बान की चाशनी पर मज़मून को निसार कर देते हैं। ये ग़ज़ल लिखकर लाए थे :

*मौत ही चारासाज़-ए-फुर्क़त है*
*रंज मरने का मुझको राहत है*

*हो चुका वस्ल, वक़्त-ए-रुख़सत है*
*ऐ अजल जल्द आ कि फ़ुर्सत है*

*रोज़ की दाद कौन देवेगा*
*ज़ुल्म करना तुम्हारी आदत है*

*कारवाँ उम्र का है रख़्त-ब-दोश*
*हर नफ़स बाँग-ए-कोस-ए-रेहलत है*

*साँस इक फाँस सी खटकती है*
*दम निकलता नहीं मुसीबत है*

*तुम भी अपने हया देख आओ*
*आज उसकी कुछ और हालत है*

पाँचवें शेर पर उनके वालिद ने टोका और कहा, 'मियाँ हया! लखनऊ जाकर अपनी शक्ल तो बदल आए थे, अब ज़बान भी बदल दी, साँस को मुअन्नस बाँध गए।' हया ने जवाब दिया, 'जी नहीं! क़िब्ला मैंने उस्ताद ज़ौक़ की तक़्लीद [अनुसरण/अनुकरण] की है। वो फ़रमाते हैं :

*सीने में साँस होगी अड़ी दो घड़ी के बाद'*

भला साहिब-ए-आलम[23] कब चूकने वाले थे। कहने लगे, 'भला हमारे मुक़ाबले में आपके उस्ताद का कलाम सनद हो सकता है? वो जो चाहें लिखें। ये बताओ क़िले में "साँस" मुज़क्कर [पुल्लिंग] है या मुअन्नस [स्त्रीलिंग]?' बेचारे हया मुस्कुराकर ख़ामोश हो गए।

अब शम्अ मौलाना सहबाई के रूबरू आई। उनकी इल्मियत का डंका तमाम हिंदोस्तान में बज रहा है। ऐसे जामे-उल-कमाल आदमी कहाँ पैदा होते हैं। हज़ारों शागिर्द हैं, अक्सर रेख़्ता कहते हैं, उनको इस्लाह देते हैं और ख़ूब देते हैं; मगर ख़ुद उनका कलाम तमाम-ओ-कमाल फ़ारसी है। मैंने तो रेख़्ते में न कभी उनकी कोई ग़ज़ल देखी और न सुनी। मुशायरे में भी फ़ारसी ही की ग़ज़ल पढ़ी। ख़ूब-ख़ूब तारीफ़ें हुई मगर ईमान की बात ये है कि लोगों को मज़ा न आया :

*हम चू शबनम ख़्वेश रा फ़ारिग़ ज़ा आलम साख़तम*
*महरम-ए-ख़ुर्शीद गुश्तम, बा ख़साँ कम साख़तम*

---

23 क़िले वालों को ख़्वाह शहज़ादे हों या सलातीनज़ादे "साहिब-ए-आलम" कहा जाता है।

*मर्दुम-ओ-दर चश्म-ए-मर्दुम आलम-ए-तारीक गश्त*
*मन मगर शमअम चू रफ़्तम, बज़्म बरहम साख़तम*

*कुफ़्र दर केशम सिपास-ए-नेमत-ए-दीदार-ए-ऊस्त*
*जल्वा दर हर रंग दीदम, गर्दन-ए-ख़म साख़तम*

*जुर्म-ए-इश्क़म रा जज़ा शुद हूर-ओ-मन दर हिज्र-ए-दोस्त*
*दाग़ बर दिल बुरदम-ओ-ख़ुल्दश जहन्नुम साख़तम*

*नीस्त सहबाई जो जाम-ए-जम नसीबम गो मबाद*
*मय ज़-ख़ून-ए-दिल कशीदम ख़्वेश रा जम साख़तम*

मक़्ते पर तो इतनी तारीफ़ें हुईं कि बयान से बाहर है मगर जो बेचारे फ़ारसी नहीं समझते थे वो बैठे मुँह देखा किए। साफ़ बात तो ये है कि उर्दू के मुशायरे में फ़ारसी का ठूँसना कुछ मुझे भी पसंद न आया।

आहाहाहा! ज़बान का लुत्फ़ उठाना है तो अब सय्यद ज़हीरुद्दीन हुसैन ख़ाँ ज़हीर को सुनिए। अभी तीस-बत्तीस साल की उम्र है। मगर कलाम में ख़ुदा ने वो असर दिया है कि वाह-वाह! ज़ौक़ की इस्लाह ने सोने पर सुहागे का काम किया है। शक्ल-ओ-सूरत से ये नहीं मालूम होता था कि उनकी तबीअत इस बला की है। क़द ख़ासा ऊँचा, छरेरा बदन, कुशादा सीना, साँवली रंगत, कुशादा दहन, ऊँची सुतवाँ नाक, आँखें न बहुत बड़ी, न बहुत छोटी मगर रौशन, गोल दाढ़ी, न बहुत घनी न बहुत छिदरी, सिर पर पटे। लिबास में अँगरखा, तंग मोहरी का सफ़ेद पाएजामा, सिर पर सफ़ेद गोल टोपी। ख़ुश-मिज़ाज और लतीफ़ा-संज ऐसे कि मुँह से फूल झड़ते हैं। पढ़ने का भी एक ख़ास तर्ज़ है। लखनऊ वालों के तह्तुललफ़्ज़ पढ़ने से मिलता-जुलता है। साथ ही इशारों से एक-एक लफ़्ज़ को समझाते जाते हैं। ग़ज़ल हुई थी :

*जबीं और शौक़ उसके आस्ताँ का*
*इरादा, और इरादा भी कहाँ का*

*लुटा है क़ाफ़िला ताब-ओ-तवाँ का*
*ख़ुदा हाफ़िज़ है दिल के कारवाँ का*

*मिरी दामांदगी मंज़िल-रसाँ है*
*सुराग़-ए-नक़्श-ए-पा हूँ कारवाँ का*

*रहे पाबंद दिल के दिल में अरमाँ*
*क़दम मंज़िल ने पकड़ा कारवाँ का*

*उठा सकते नहीं, सर आस्ताँ से*
*ग़ज़ब है बार-ए-मिन्नत पासबाँ का*

*हमेशा मोरिद-ए-बर्क़-ओ-बला हूँ*
*मिटे झगड़ा इलाही आशियाँ का*

*दिल-ए-बे-ताब ने वो भी मिटाया*
*किसी को कुछ जो धोका था फ़ुग़ाँ का*

*ज़हीर आओ चलो अब मयकदे को*
*निकाला ज़ोहद-ओ-तक़्वा है कहाँ का*

और तो और उस्तादान-ए-फ़न ने ग़ज़ल की ऐसी दाद दी कि मियाँ ज़हीर का दिल ग़ुंचे की तरह खिल गया। तीसरे शेर पर तो ये हालत थी कि तारीफ़ों का सिलसिला ख़त्म ही न होता था, सलाम करते-करते बेचारे के हाथ दुख गए होंगे। जब ज़रा सुकून हुआ तो सीधी जानिब की शम्अ नवाब मुस्तफ़ा ख़ाँ शेफ़्ता के सामने आई। उनका क्या कहना, उस्तादान-

ए-फ़न में शुमार किए जाते हैं। मोमिन के शागिर्द हैं मगर ख़ुद उस्ताद हैं। उन्होंने किसी शेर की तारीफ़ की और उसकी वुक़अत बढ़ी। ये सुनकर ज़रा ख़ामोश हुए और शेर दूसरों की नज़र से भी गिर गया। ज़बान के साथ मज़मून को तरतीब देना ऐसे ही लोगों का काम है। पढ़ते भी हैं तो एक लफ़्ज़ समझा-समझाकर। आवाज़ ऐसी ऊँची है कि दूर और पास—सबको साफ़ सुनाई दे। ग़ज़ल पढ़ने से पहले इधर-उधर देखा, ज़रा अँगरखा दुरुस्त किया, टोपी दुरुस्त की, अँगरखे की आस्तीनों को चढ़ाया और ये ग़ज़ल पढ़ी :

*आराम से है कौन जहान-ए-ख़राब में*
*गुल सीना चाक और सबा इज़्तिराब में*

*सब इसमें महव और ये सबसे अलाहदा*
*आईने में है आब, न आईना आब में*

*मानी की फ़िक्र चाहिए सूरत से किया हुसूल*
*क्या फ़ायदा है मौज अगर है सराब में*

*ज़ात-ओ-सिफ़ात में भी यही रब्त चाहिए*
*जूँ आफ़ताब-ओ-रौशनी-ए-आफ़ताब में*

*वो क़तरा हूँ कि मौज-ए-दरिया में गुम हुआ*
*वो साया हूँ कि महव हुआ आफ़ताब में*

*बे-बाक शेवा, शोख़ तबीअत, ज़बाँ-दराज़*
*मुल्ज़िम हुआ है, पर नहीं आजिज़ जवाब में*

*तकलीफ़ शेफ़्ता हुई तुमको, मगर हुज़ूर*
*इस वक़्त इत्तिफ़ाक़ से वो हैं इताब में*

ग़ज़ल तो ऐसी है कि भला किसका मुँह जो तारीफ़ का हक़ अदा कर सके, मगर तारीफ़ बड़ी सँभल-सँभलकर की गई। बड़े-बड़े मुशायरों में मैंने ये देखा कि नौ-मश्क़ों के दिल तो तारीफ़ों से ख़ूब बढ़ाते हैं मगर जब उस्तादों के पढ़ने की नौबत आती है, तो वो जोश-ओ-ख़रोश नहीं रहता, बल्कि जोश के बजाए मतानत [गंभीरता] ज़्यादा आ जाती है। उस्तादों के उन्हीं शेरों की तारीफ़ होती है जो वाक़ई काबिल-ए-तारीफ़ हों। अगर किसी शेर की ज़रा बेजा तारीफ़ कर दी जाए तो इससे उनको तकलीफ़ होती है। ये सिर्फ़ उसी कलाम की तारीफ़ चाहते हैं जिसको ये ख़ुद समझते हैं कि इसकी तारीफ़ होनी चाहिए। शेर पढ़कर अगर देखते भी हैं तो अपने बराबर वालों की तरफ़ और वही दाद भी देते हैं। मुशायरे के बाक़ी लोग उनके कलाम से लुत्फ़ ही नहीं उठाते, कुछ हासिल भी कर लेते हैं और उनके लिए ये ग़ज़लें किसी तरह उस्ताद की इस्लाह से कम फ़ायदेमंद नहीं होतीं।

उनके बाद शहज़ादा मिर्ज़ा क़ादिर बख़्श साबिर की बारी आई। ये कोई चालीस बरस के होंगे। इनकी शायरी की क़िले में बड़ी धूम है। ख़ुद इनको भी अपने कलाम पर नाज़ है। शुअराए-दिल्ली का तज़्किरा लिख रहे हैं, मगर मशहूर है कि अलिफ़ से लेकर ये तक मौलाना सहबाई का क़लम है। ये सच है या झूट? ख़ुदा बेहतर जानता है। उन्होंने अपने ख़यालात एक क़िते में लिखे हैं। वो नक़्ल करता हूँ :

*पहले उस्ताद थे एहसान-ओ-नसीर-ओ-मोमिन*
*हुई एहसाँ से पर इस्लाह-ए-तबीअत मेरी*

*फिर हुआ हज़रत सहबाई की इस्लाह का फ़ैज़*
*तबा बारीक हुई उनकी बदौलत मेरी*

*और हम-बज़्म रहे मोमिन-ओ-ज़ौक़-ओ-ग़ालिब*
*उस्तादों ही से हर दम रही सोहबत मेरी*

*हिंद का फ़ज़्ल-ओ-हुनर ज़ात पे है जिनकी तमाम*
*मानते हैं वही अश्ख़ास फ़ज़ीलत मेरी*

*मुनअक़िद होती है जब शहर में बज़्म-ए-इंशाद*
*करते हैं अहल-ए-सुख़न वुक़अत-ओ-इज़्ज़त मेरी*

अब इस कलाम पर उनको उस्ताद कहो या जो जी चाहे कहो। ग़ज़ल में भी यही फीका रंग है। मज़मून भी बुलंद-पाया नहीं है। मगर सारा शहर इनको उस्ताद मानता है—होंगे; मुम्किन है मेरी ही समझ का फेर हो। ग़ज़ल कही थी :

*नज़्ज़ारा बर्क़-ए-हुस्न का दुश्वार हो गया*
*जल्वा हिजाब-ए-दीदा-ए-बे-दार हो गया*

*महफ़िल में मैं तो उस लब-ए-मयगूँ के सामने*
*नाम-ए-शराब ले के गुनहगार हो गया*

*हाइल हुई नक़ाब तो ठहरी निगाह-ए-शौक़*
*परदा ही जल्वागाह-ए-रुख़-ए-यार हो गया*

*मालूम ये हुआ कि है पुर्सिश गुनाह की*
*आसी गुनह नाकरदा गुनहगार हो गया*

*उसकी गली में आन के क्या-क्या उठाए रंज*
*ख़ाक-ए-शिफ़ा मिली तो मैं बीमार हो गया*

*पीरी में हमको क़ता-ए-तअल्लुक़ हुआ नसीब*
*क़ामत-ए-ख़मीदा होते ही तलवार हो गया*

ये पढ़ चुके तो शम्अ मुफ़्ती सदरुद्दीन आज़ुर्दा के सामने पहुँची। इस पाए के आलिम शायर नहीं होते और होते हैं तो उस्ताद हो जाते हैं। मुफ़्ती साहब के जितने शागिर्द-ओ-जय्यद-आलिम [शिष्य और विद्वान] आलम हैं, उससे कहीं ज़्यादा उनके तलामिज़ा [शिष्य] शायर हैं और शायर भी कैसे कि बड़े पाए के, मुफ़्ती साहब कहते तो ख़ूब हैं, मगर पढ़ते इस तरह हैं गोया तालिब-ए-इल्मों को सबक़ दे रहे हैं। आवाज़ भी ज़रा नीची है लेकिन उनकी वजाहत का ये असर है कि मुशायरे में सन्नाटा होता है और तारीफ़ भी होती है तो ख़ास-ख़ास शेरों और बहुत नीची आवाज़ में। हाँ मिर्ज़ा नौशा उनसे मज़ाक़ करने में नहीं चूकते। कभी-कभी एतिराज़ भी कर बैठते हैं और मज़े-मज़े की नोक-झोंक हो जाती है। ग़ज़ल मुलाहिज़ा हो। क्या पुख़्ता कलाम है :

*नालों से मेरे कब तह-ओ-बाला जहाँ नहीं*
*कब आसमाँ ज़मीन ओ ज़मीं आसमाँ नहीं*

*अफ़्सुर्दा दिल न हो दर-ए-रहमत नहीं है बंद*
*किस दिन खुला हुआ दर-ए-पीर-ए-मुग़ाँ नहीं*

*शब उसको हाल-ए-दिल ने जताया कुछ इस तरह*
*हैं लब तो क्या, निगह भी हुई तर्जुमाँ नहीं*

*ऐ दिल तमाम नफ़ा है सौदाए-इश्क़ में*
*इक जान का ज़ियाँ है सो ऐसा ज़ियाँ नहीं*

*कटती किसी तरह भी नहीं ये शब-ए-फ़िराक़*
*शायद कि गर्दिश आज तुझे आसमाँ नहीं*

*कहता हूँ उससे कुछ मैं निकलता है मुँह से कुछ*
*कहने को यूँ तो हैगी ज़बाँ और ज़बाँ नहीं*

*आज़ुर्दा होंट तक न हिले उसके रूबरू*
*माना कि आप सा कोई जादू-बयाँ नहीं*

आज़ुर्दा जैसे उस्ताद के बाद नवाब मिर्ज़ा ख़ाँ दाग़ का पढ़ना एक अजीब-सी चीज़ है। मगर बात ये है कि अव्वल तो दाग़ को सब चाहते हैं, दिल बढ़ाते हैं और जानते हैं कि किसी दिन यही दाग़ हिंदोस्तान का चराग़ होगा। दूसरे मिर्ज़ा फ़ख़्रू के ख़याल से इनको उस्तादों की जगह मिली थी; मगर इन्होंने ग़ज़ल भी ऐसी पढ़ी कि उस्ताद भी क़ाइल हो गए। सत्रह-अठारह बरस के लड़के का इस क़यामत की ग़ज़ल और इस जुरअत से पढ़ना वाक़ई कमाल है। मेरी तो ये राय है कि जो ज़बान दाग़ ने लिखी है, वो शायद ही किसी को नसीब होगी। ज़रा ज़बान की शोख़ी, मज़मून की रंगीनी और तबीअत की रवानी मुलाहिज़ा कीजिए और दाद दीजिए :

साज़ ये कीना-साज़ क्या जानें
नाज़ वाले नयाज़ क्या जानें

शम्अ-रू आप गो हुए लेकिन
लुत्फ़-ए-सोज़-ओ-गुदाज़ क्या जानें

कब किसी दर की जब्हा-साई की
शेख़ साहब नमाज़ क्या जानें

जो रह-ए-इश्क़ में क़दम रक्खें
वो नशेब-ओ-फ़राज़ क्या जानें

पूछिए मयकशों से लुत्फ़-ए-शराब
ये मज़ा पाक-बाज़ क्या जानें

*जिनको अपनी ख़बर नहीं अब तक*
*वो मिरे दिल का राज़ क्या जानें*

*हज़रत-ए-ख़िज़्र जब शहीद न हों*
*लुत्फ़-ए-उम्र-ए-दराज़ क्या जानें*

*जो गुज़रते हैं दाग़ पर सदमे*
*आप बंदा-नवाज़ क्या जानें*

अल्लाह-अल्लाह! वो सुहाना वक़्त, वो छोटी-सी आवाज़, दिलकश सुर, वो अलफ़ाज़ की नशिस्त, वो बंदिश की ख़ूबसूरती और सबसे ज़्यादा ये कि वो दाग़ की भोली-भोली शक्ल, एक अजीब लुत्फ़ दे रही थी। सारी महफ़िल में कोई न था जो महव-ए-हैरत न हो गया हो और कोई न था जिसके मुँह से जज़ाक अल्लाह, सुब्हान अल्लाह और सल्लि-अला के अलफ़ाज़ बे-साख़ता न निकल रहे हों। मिर्ज़ा फ़ख़्रू की तो हालत ये थी कि घड़ी-घड़ी पहलू बदलते और दिल-ही-दिल में ख़ुश होते थे। ग़ज़ल ख़त्म हुई और किसी को मालूम न हुआ कि कब ख़त्म हो गई। जब शम्अ हकीम मोमिन ख़ाँ मोमिन के सामने पहुँच गई, उस वक़्त लोगों का जोश कम हुआ और इस रेख़्ते के उस्ताद का कलाम सुनने को सब हमा-तन-गोश [वह व्यक्ति जो कुछ सुनने के लिए उत्कंठित हो] हो गए। उन्होंने शम्अ को उठाकर ज़रा आगे रखा, ज़रा सँभलकर बैठे, बालों में उँगलियों से कंघी की, टोपी को कुछ तिरछा किया, आस्तीनों की चुन्नट को साफ़ किया और बड़ी दर्द-अंगेज़ आवाज़ में, दिल-पज़ीर तरन्नुम के साथ ये ग़ज़ल पढ़ी :

*उल्टे वो शिकवे करते हैं और किस अदा के साथ*
*बे-ताक़ती के ताने हैं उज़्र-ए-जफ़ा के साथ*

*बहर-ए-अयादत आए वो लेकिन क़ज़ा के साथ*
*दम ही निकल गया मिरा आवाज़-ए-पा के*

*माँगा करेंगे अब से दुआ हिज्र-ए-यार की*
*आख़िर तो दुश्मनी है असर को दुआ के साथ*

*है किसका इंतिज़ार कि ख़्वाब-ए-अदम से भी*
*हर बार चौंक पड़ते हैं आवाज़-ए-पा के साथ*

*सौ ज़िंदगी निसार करूँ ऐसी मौत पर*
*यूँ रोए ज़ार-ज़ार तो अहल-ए-अज़ा के साथ*

*बे-परदा ग़ैर पास उसे बैठा न देखते*
*उठ जाते काश हम भी जहाँ से हया के साथ*

*उसकी गली कहाँ, ये तो कुछ बाग़-ए-ख़ुल्द है*
*किस जाय मुझको छोड़ गई मौत, ला के साथ*

*अल्लाह रे गुमरही, बुत-ओ-बुतख़ाना छोड़कर*
*मोमिन चला है काबे को इक पारसा के साथ*

शायरी क्या थी, जादू था। तमाम लोग एक आलम-ए-महवियत [तल्लीनता की अवस्था] में बैठे थे। वो ख़ुद भी अपने कलाम का मज़ा ले रहे थे। जिस शेर में उनको ज़्यादा लुत्फ़ आता था, उसके पढ़ते वक़्त उनकी उँगलियाँ ज़्यादा तेज़ी से बालों में चलने लगती थीं। बहुत जोश हुआ तो ज़ुल्फ़ों को उँगलियों में बल देकर मरोड़ने लगे। किसी ने तारीफ़ की तो गर्दन झुकाकर ज़रा मुस्कुरा दिए। पढ़ने का तर्ज़ भी सबसे जुदा था।

हाथ बहुत कम हिलाते थे और हिलाते भी कैसे, हाथों को बालों से कब फ़ुर्सत थी। हाँ आवाज़ के ज़ेर-ओ-बम और आँखों के इशारों से जादू कर जाते थे। ग़ज़ल ख़त्म हुई तो तमाम शुअरा ने तारीफ़ की। सुनकर मुस्कुराए और कहा, 'आप लोगों की यही इनायत तो हमारी सारी मेहनतों का सिला है। मैं तो अर्ज़ कर चुका हूँ :

*हम दाद के ख़्वाहाँ हैं नहीं तालिब-ए-ज़र कुछ*
*तहसीन-ए-सुख़न-फ़हम है मोमिन सिला अपना'*

उनके बाद शम्अ उस्ताद एहसान के सामने आई। मैं समझा था कि उनकी आवाज़ क्या ख़ाक निकलेगी मगर शम्अ के पहुँचते ही वो तो केचुली-सी बदल कुछ से कुछ हो गए और इतनी बुलंद आवाज़ के साथ ग़ज़ल पढ़ी कि तमाम मज्लिस पर छा गए। किसी शेर पर मोमिन ख़ाँ को मुतवज्जह करते किसी पर मिर्ज़ा नौशा को, किसी पर उस्ताद ज़ौक़ को। उनकी अज़मत कुछ लोगों के दिलों पर ऐसी छाई हुई थी कि जिसको उन्होंने मुतवज्जह किया, उसको तारीफ़ करते ही बन पड़ी। रदीफ़ सख़्त और क़ाफ़िया मुश्किल था मगर उनकी उस्तादी की दाद देनी चाहिए कि इन दुश्वारियों पर भी सारी की सारी ग़ज़ल मुरस्सा कह गए हैं। हाय लिखते हैं :

*तू क्यों है गिर्या-कुनाँ ऐ दिल-ए-महज़ूँ*
*न रो न रो कि न तुझको कभी रुलाए ख़ुदा*

*बुतो! बताओ तो, क्या तुम ख़ुदा को दोगे जवाब?*
*ख़ुदा के बंदों पर ये ज़ुल्म, बंदा-हाए-ख़ुदा*

*रज़ा पे तेरी हूँ दिन रात ऐ सनम मसरूफ़*
*जो इस पे तू नहीं राज़ी, न हो, रज़ाए-ख़ुदा*

*बुतों के कूचे में कहता था कल यही एहसान*
*यहाँ किसी का नहीं है कोई सिवाए-ख़ुदा*

जब ये पढ़ चुके तो मिर्ज़ा ग़ालिब की बारी आई। ये रंग ही दूसरा था, सुब्ह हो चली थी, शम्अ के सामने आते ही फ़रमाने लगे, 'साहिबो! मैं भी अपनी भैरवीं अलापता हूँ।' ये कहकर ऐसे दिलकश और मुअस्सिर लहजे में ग़ज़ल पढ़ी कि सारी महफ़िल महव हो गई। आवाज़ बहुत ऊँची और पुर-दर्द थी। ये मालूम होता था कि मज्लिस में किसी को अपना क़दरदान नहीं पाते और इसलिए ग़ज़ल-ख़्वानी में फ़रियाद की कैफ़ियत पैदा हो गई है। ग़ज़ल थी :

दिल-ए-नादाँ तुझे हुआ क्या है
आख़िर इस दर्द की दवा क्या है

हम हैं मुश्ताक़ और वो बेज़ार
या इलाही ये माजरा क्या है

मैं भी मुँह में ज़बान रखता हूँ
काश पूछो कि मुद्दा क्या है

*जब कि तुझ बिन नहीं कोई मौजूद*
*फिर ये हंगामा ऐ ख़ुदा क्या है*

*ये परी-चेहरा लोग कैसे हैं*
*ग़मज़ा-ओ-इश्वा-ओ-अदा क्या है*

*शिकन-ए-ज़ुल्फ़-ए-अंबरीं क्यों है*
*निगह-ए-चश्म-ए-सुरमा सा क्या है*

*सब्ज़ा-ओ-गुल कहाँ से आ रहे हैं*

*अब्र क्या चीज़ है हवा क्या है*

*हमको उनसे वफ़ा की है उम्मीद*
*जो नहीं जानते वफ़ा क्या है*

*हाँ भला कर तिरा भला होगा*
*और दरवेश की सदा क्या है*

*जान तुमपर निसार करता हूँ*
*मैं नहीं जानता दुआ क्या है*

*मैंने माना कि कुछ नहीं ग़ालिब*
*मुफ़्त हाथ आए तो बुरा क्या है*

ग़ज़ल पढ़कर मुस्कुराए और कहा, 'अब इसपर भी न समझें वो, तो फिर उनसे ख़ुदा समझे।' हकीम आग़ा जान समझ गए और कहने लगे, 'मिर्ज़ा साहब! ग़नीमत है कि इस रंग को आख़िर ज़रा समझे।' ग़रज़ तारीफ़ों के साथ-साथ मज़ाक़ भी होता रहा और शम्अ उस्ताद ज़ौक़ के सामने पहुँच गई। उस्ताद ने मिर्ज़ा फ़ख़्रू की तरफ़ देखकर कहा, 'साहिब-ए-आलम! ग़ज़ल पढ़ूँ या कल जो क़ित्‌आ हुआ है वो अर्ज़ करूँ? कल रात ख़ुदा जाने क्या बात थी कि किसी तरह नींद नहीं आती थी। लोटते-लोटते सुब्ह हो गई, शब-ए-हिज्र का मज़ा आ गया; उसी कशाकश में एक क़ित्‌आ हो गया है, इजाज़त हो तो अर्ज़ करूँ।' मिर्ज़ा फ़ख़्रू ने कहा, 'उस्ताद! आज का मुशायरा सब बंदों से आज़ाद है, रुबाई पढ़िए, ग़ज़ल पढ़िए, क़सीदा पढ़िए, क़ित्‌आ पढ़िए—ग़रज़ जो दिल चाहे पढ़िए, हाँ कुछ-न-कुछ पढ़िए ज़रूर।' उस्ताद ज़ौक़ सँभलकर बैठ

गए और ये क़ित्आ ऐसी बुलंद और ख़ुश-आइंद आवाज़ में पढ़ा कि महफ़िल गूँज उठी और उनके पढ़ने के अंदाज़ ने कलाम की तासीर में और ज़्यादा ज़ोर पैदा कर दिया :

कहूँ क्या ज़ौक़ अहवाल-ए-शब-ए-हिज्र
कि थी इक इक घड़ी सौ सौ महीने

न थी शब, डाल रक्खा था इक अँधेर
मिरे बख़्त-ए-सियह की तीरगी ने

तप-ए-ग़म शम्अ साँ होती न थी कम
और आते थे पर पसीनों पर पसीने

यही कहता था घबराकर फ़लक से
कि ओ बे-मेहर, बद-अख़्तर, कमीने

कहाँ मैं और कहाँ ये सब, मगर थे
मिरी जानिब से तेरे दिल में कीने

सौ इस ज़ुल्मत के परदे में किए ज़ुल्म
अरे ज़ालिम तिरी कीना-वरी ने

इवज़ किस बादानोशी के मुझे आज
पड़े ये ज़हर के से घूँट पीने

हवास-ओ-होश जो मुझसे क़रीं थे
क़रीने से हुए सब बे-क़रीने

मिरी सीना-ज़नी का शोर सुनकर
फटे जाते थे हम-सायों के सीने

उठाया गाह और गाहे बिठाया
मुझे बे-ताबी-ओ-बे-ताक़ती ने

कहा जब दिल ने तो कुछ खा के सो रह
बहुत अलमास के तोड़े नगीने

न टूटा जान का क़ालिब से रिश्ता
बहुत ही जान तोड़ी जाँ-कनी ने

*बहुत देखा न दिखलाया ज़रा भी*
*तुलू-ए-सुब्ह से मुँह रौशनी ने*

*कहा जी ने मुझे ये हिज्र की रात*
*यक़ीन है सुब्ह तक देगी न जीने*

*लगे पानी चूवाने मुँह में आँसू*
*पढ़ी यासीं सिरहाने बे-कसी ने*

*मगर दिन उम्र के थोड़े से बाक़ी*
*लगा रक्खे थे मेरी ज़िंदगी ने*

*कि क़िस्मत से क़रीब-ए-ख़ाना मेरे*
*अज़ाँ मस्जिद में दी बारे किसी ने*

*बशारत मुझको सुब्ह-ए-वस्ल की दी*
*अज़ाँ के साथ युम्न-ओ-फ़र्रुख़ी ने*

*हुई ऐसी ख़ुशी अल्लाहु अकबर*
*कि ख़ुश होकर कहा ख़ुद ये ख़ुशी ने*

*मोअज़्ज़िन मरहबा बर-वक़्त बोला*
*तिरी आवाज़ मक्के और मदीने*

आख़िरी शेर पर पहुँचे थे कि बराबर की मस्जिद से आवाज़ आई, 'अल्लाहु अकबर, अल्लाहु अकबर, अल्लाहु अकबर।' इसके साथ ही सबके मुँह से निकला, "तिरी आवाज़ मक्के और मदीने।" अज़ान ख़त्म हुई तो सबने दुआ को हाथ उठाए। दुआ से फ़ारिग़ होकर मिर्ज़ा फ़ख़्रू ने कहा, 'साहिबो! कुछ अजीब इत्तिफ़ाक़ है कि फ़ातिहा-ए-ख़ैर ही से मुशायरा शुरू हुआ था और अब फ़ातिहा-ए-ख़ैर ही पर ख़त्म होता है।' ये कहकर उन्होंने दोनों शम्ओं को जो चक्कर खाकर उनके सामने आ गई थीं, बुझा दिया। शम्ओं के गुल होते ही नक़ीबों ने आवाज़ दी, 'हज़रात! मुशायरा ख़त्म हुआ।' ये सुनना था कि चलने को सब खड़े हो गए। सबसे पहले मिर्ज़ा फ़ख़्रू सवार हुए और फिर सब एक-एक करके रुख़्सत हुए। आख़िर में मैं और नवाब ज़ैनुल आब्दीन ख़ाँ रह गए। मैंने उनका शुक्रिया अदा किया। कहने लगे, 'मियाँ करीमुद्दीन! ये तुम्हारी नेक-नियती थी जो इतना बड़ा मुशायरा ब-ख़ैर-ओ-ख़ूबी ख़त्म हुआ। तुम्हारा काम भी बन गया और मेरा अरमान भी निकल गया। अच्छा ख़ुदा-हाफ़िज़!!!'

# तक़दीर

*दरमांदगी में ग़ालिब कुछ बन पड़े तो जानूँ*
*जब रिश्ता बे-गिरह था, नाख़ुन गिरह-कुशा था*

दूसरे रोज़ सब सामान उठ गया और फिर वही छापेख़ाने की घड़घड़ और प्रेस मशीनों की घड़बड़ शुरू हो गई। मैंने दूसरे महीने फिर मुशायरे का एलान किया, इश्तिहार भी तक़्सीम किए; मगर गिनती के आदमी आए, आख़िर ये मज्लिस [सभा/गोष्ठी] बंद करनी पड़ी। कुछ तो मत्बे के काम में नुक़सान हुआ, कुछ मुलाज़मीन पेशगी रक़में दबा बैठे—ग़रज़ थोड़े ही दिनों बाद मेरे दो-चार जाहिल शुरका [साथ काम करने वाले लोग] ने मुझसे फ़रेब करके मत्बा छीन लिया। हर चंद कि मैंने सोचा था कि अगर दावा करूँ, हाकिम बे-शक मेरा इंसाफ़ करेगा; लेकिन चंद सदमात पड़ जाने की वजह से वो इरादा भी पूरा न हुआ। उस मुशायरे की कैफ़ियत के मुसव्विदात [पांडुलिपियाँ] पड़े रह गए हैं, देखिए कब छपते हैं और कौन छापता है। फ़क़त।

मैं छापता हूँ और लीजिए ये छाप दिया!

*—हसन निज़ामी*